博多豚骨拉麵團

HAKATA TONKOTSU RAMENS

8

hakata tonkotsu ramens

六局下

救護車的警笛聲傳入耳中。

接著是擔架床倉促移動的聲音。

救護員、醫師、護理師的聲音——各種聲音傳入朦朧的腦袋。馬場先生，不要緊吧？聽得到我說話嗎？急切的呼喚聲頻頻傳來，但馬場沒有力氣回話。

勉強睜開的眼裡映出的世界顯得模模糊糊，彷彿視力突然減弱了一般。不過，他能夠理解現在的狀況。

自己似乎正被救護車送往醫院。

這麼一提，從前也發生過這種狀況。

當時自己一樣身負重傷，被救護車送醫急救。

現在的情況和當時十分相似。

和十三年前的那個夜晚——

在注重升學率的學校，兼顧學業與社團活動是件相當困難的事。

早上的輔導課是從七點半開始，社團晨練則是從六點開始，必須五點出門才趕得上。

上課的時候，馬場總是睡意濃厚，忍不住打瞌睡。筆記本上留下的只有蚯蚓爬動般的字跡，每次都得向朋友借筆記來抄。

在學生餐廳裡吃過午餐，上完下午的課之後，就是期待已久的社團活動時間。棒球社練習到晚上八點，隔天早上六點又要開始晨練，根本沒時間預習、複習功課。馬場的月考成績每下愈況，年級排名總是吊車尾。

入學已經過了半年，他還是無法適應忙碌的高中生活。

不過，馬場並不以社團活動為苦。每天拚命追著球跑，練習到衣服變得烏漆抹黑的地步。打棒球的瞬間是他最快樂的時光。

這所學校並非棒球名校，要進軍甲子園應該很困難，不過，只要努力不懈，繼續打大專院校棒球、社會人士棒球，或許有一天能夠獲得球探青睞。

有朝一日成為職棒選手的心願，鞭策著現在的馬場。馬場無法否認自己過度沉溺於棒球而疏忽了其他事物，但他依然滿腦子都是棒球。

能夠過這樣的生活，全都是託父親之福。雖是單親家庭，父親卻全力支持兒子逐夢，讓他盡情打棒球。對於這樣的父親，馬場一直心懷感激。無論再怎麼忙碌，比賽的時候，父親總是會撥出時間趕來替他加油，以溫暖的目光看著他活躍的表現，偶爾跟著起鬨吆喝。父親是馬場的頭號知己也是頭號球迷。馬場暗自下定決心，總有一天要成為職棒選手，報答父親的養育之恩。

這一天的練習同樣吃力。社團活動結束以後，馬場和隊友一起踏上歸途。大家都一樣理了顆平頭，肩上掛著裝有球具的包包。和隊友在通學路上邊走邊聊的時光總是如此快樂。

馬場在途中與其他社員告別，走回自己家──從距離最近的車站步行約十五分鐘可達的兩層樓老公寓。他和父親一起生活在這間兩房兩廳的屋裡。

門沒有上鎖。馬場打開門，在玄關脫下鞋子。

『我回來了～』

他打了招呼，但是父親並未回應。

博多豚骨拉麵團8

木崎ちあき
插畫/一色 箱

『……爸？』

奇怪？他歪頭納悶，在走廊上前進，打開通往客廳的門。

電視是開著的，正在轉播棒球比賽。這個時間，父親通常是在觀賞球賽。身穿紅色背號球衣的本地球團選手們正在畫面中躍動，實況主播的聲音也隨之傳來。

『爸——』

踏入客廳的瞬間，馬場不禁倒抽一口氣。

眼前的光景令他啞然失聲。

客廳裡有個男人。從未見過的男人站在客廳正中央。

那個男人用雙手掐著父親的脖子。

雙眼無神的父親瞥了馬場的方向一眼，察覺到兒子回家了，微微動著嘴唇說道：

『善治，快逃。』

父親的臉上鮮血淋漓、多處瘀青，似乎被揍了好幾拳，腫得相當厲害。

見到父親這副模樣，馬場頓時怒髮衝冠，全身發熱——同時，一股寒氣襲向他。體內湧上未知的恐懼，手腳開始發抖。

——這是怎麼回事？

腦袋一片混亂，無法思考。馬場一頭霧水。到底怎麼了？發生什麼事？

同時，他又覺得自己該採取行動。

父親遭人攻擊了。雖然不知道對方是誰，但是他必須立刻解救父親。

在這股衝動的驅使下，當馬場回過神來時，手已經抓住裝著社團球具的包包。他從包包裡拿出愛用的金屬棒，緊緊握住，高高舉起。

馬場奮勇向前，一面大吼一面衝向男人，揮落球棒。

男人放開父親，回過身來閃開攻擊，抓住馬場握著球棒的手順勢一扭。馬場不由得鬆開了手。

『……你是這傢伙的兒子？』

男人露出微笑。那是種嘲笑弱者的不快笑容。

男人輕輕鬆鬆地奪走球棒，毆打馬場。金屬棒嵌入側腹，馬場連連咳個不停。在劇痛的侵襲下，他支撐不住，就地蹲下來。

『住手！』父親的吶喊聲響徹四周。

然而，男人並未停手。他毫不留情地用球棒痛毆馬場。

馬場縮起身子承受侵襲而來的衝擊，嘴裡喊著「好痛」、「別打了」，然而暴力依然持續著，劇痛接連不斷襲來。不知不覺間，他已經淚流滿面。

『住手！不干那孩子的事！』

父親大叫，撲向男人的背部。

男人甩開父親，朝馬場揮落球棒。瞬間，腦袋破裂般的強烈衝擊竄過。

視野晃動，意識變得模糊。

馬場身子一軟，就這麼失去意識。

——馬場昏厥了好一陣子。他不知道究竟經過多久，然而當他再度恢復意識時，地獄般的狀況尚未結束。

他依然倒在家中的客廳，一醒來便皺起眉頭，發出哀號。全身上下都在發疼，稍一移動，骨頭便咿軋作響。

溫熱的液體從頭部滴落——是血。

父親呢？那個男人呢？他頂著迷迷糊糊的腦袋環顧四周。

拓展於眼前的是最惡劣的光景。

那個男人還在，手上握著一把黑色刀子，父親就躺在男人腳邊，腹部一片通紅。

該不會——

該不會死了吧……馬場不敢置信。雙眼滿布血絲的他連忙呼喚：『爸！』然而呼喚並未成聲，只化為嘶啞的氣息，沒能傳到父親耳中。

反倒是那個男人回過頭來。他用看著螻蟻般的眼神望著馬場，嘲笑道：『怎麼，還活著啊？』

男人走向馬場，舉起染血的刀子。馬場暗想，自己會被殺掉吧。就算不願意，也感覺得出對方打算殺了自己。男人用冰冷的眼神俯視自己，那是完全不把人命當一回事的眼神。

身體開始打顫。

馬場知道自己必須逃走，但是他辦不到。疼痛與恐懼令身體不聽使喚。眼淚奪眶而出。

他無法理解，大腦抗拒眼前的狀況。腦袋裡浮現的只有「為什麼」三個字。為什麼發生這種事？自己只是平平凡凡地過活，和這種蠻橫無理的暴力應該扯不上關係才是。

可是，為什麼？

為什麼自己的人生會被這樣的男人給毀了？為什麼自己的夢想會因為這樣的男人而破滅？

馬場恨透了無能為力、只能任人宰割的自己，淚流不止。

『馬上就讓你解脫。』

男人朝倒在地上的馬場伸出手，抓住他的頭髮，硬生生地讓他往上仰，並用刀子抵住他的喉嚨。冰冷的觸感讓馬場忍不住打顫。

男人即將割開自己的喉嚨。絕望與無力感淹沒馬場的心。

完了——馬場已然放棄求生。

就在這個時候，男人突然發出呻吟。

意料之外的事態發生。男人自馬場的視野消失，他的腦袋被抓去掄牆，因為這道衝擊而昏厥倒地。

究竟是誰？

事出突然，馬場驚訝地瞪大眼睛。

『——趕上了嗎？』

此時，另一道聲音響起。

不知從哪兒冒出來的男人，裝扮相當奇特，身穿黑色和服便裝，腰間佩帶日本刀，活像古裝劇裡的武士，給人一種走錯時代的感覺。

不知何故，他用紅色的仁和加面具遮住臉孔。

『不……』戴著仁和加面具的男人瞥了馬場倒地的父親一眼，喃喃說道：『我來晚了。』

馬場仰望著男人，啞然無語。

他一頭霧水。這個男人是什麼來頭？為何打扮成這樣？唯一明白的，只有自己是因為男人的出現而得救的事實。

——這個男人是自己人嗎？

馬場忘記身體的痛楚，目不轉睛地凝視著仁和加面具。

『喂，你不要緊吧？』

對方問道。

馬場回過神來，默默地點了點頭。他咬緊牙關，忍著劇痛，勉強撐起身子。

戴著仁和加面具的男人本想拔出腰間的日本刀殺掉昏倒的男人，卻又住手。

『還是別在小孩面前殺人好了。』

他還刀入鞘，把家用電話扔向馬場。

『打電話叫救護車。』

馬場點頭，按照他的吩咐叫救護車，可是手一直發抖，無法按下電話的按鍵。

男人看不下去，搶過子機說：『算了，給我，我來打。』

這個時候——

『……善、治。』

一道微弱的聲音呼喚自己。
是父親的聲音。
父親還活著，太好了。淚水倏地湧上。馬場連忙爬向倒臥在地的父親。
『爸、爸爸……』
馬場的聲音嘶啞。
『善、治……』
父親虛弱地回應兒子的呼喚，嘔血染紅的嘴唇微微地動了。
『……對不起，保護不了你。』
那是好不容易才擠出來的聲音。
馬場在心中搖頭。他自己也一樣，保護不了父親。都是因為自己太弱了，才救不了爸爸。
父親在哭泣，一眨眼，淚水便靜靜地從眼角滴落。他的眼睛緩緩地閉上。
『爸！爸爸——』
馬場希望父親再次睜開眼，希望再次聽見父親的聲音，不斷地呼喚。
他一面哭喊，一面搖晃父親的肩膀。
『喂，別動他。』

戴著仁和加面具的男人厲聲說道。

『在救護車趕到之前，用這個摀住傷口。』男人遞了塊布給馬場，接著又瞥了刺傷馬場父親的男人一眼說：『那傢伙應該暫時不會醒來。警察馬上就來了，到時把他交給警察。』

說完，戴著仁和加面具的男人立刻轉過身。

『——等、等等！』

馬場忍著側腹的痛楚大叫。有個問題他非問不可。

男人停下腳步，回過頭來。

『幹嘛？』

『你——』

——到底是什麼人？

然而，在馬場發問之前，那個男人便搖了搖頭。

『你不必知道。』他用強而有力的口吻說道：『聽好，把今天發生的事全忘掉……哎，一時之間或許很難吧。』

男人轉過腳，再次背過身去。

『別踏入這一邊。』

他只留下這句話便離去。

這一邊——什麼意思？

馬場皺起眉頭，目送男人的背影離去。隨後，救護車的警笛聲傳入耳中。

七局上

馬場的手術仍在進行中，絲毫沒有結束的跡象。

林憲明坐在手術室前的長椅上，默默聆聽重松的話語。

十三年前，導致馬場的父親被殺，馬場自己也身負重傷的案子。正如榎田給林看過的報導內容所述。

「那樁慘案我到現在還記得一清二楚。」重松一面回憶，一面壓低聲音描述當時的狀況。「馬場和他爸爸被打得傷痕累累。馬場好像挨了不少下金屬棒，從頭到腳、全身上下都受了重傷。」

被扣押的凶器並非犯人的，而是馬場的。棒球練習結束後返家的馬場為了解救父親，舉起球棒攻擊犯人，卻被對方奪走，反被痛打一頓。

林突然想起一件事。

『球棒不是用來打人的！是用來帶給人們夢想和希望！』

——從前，馬場曾說過這樣的話。

當時林只覺得他又在胡說八道，非常不耐煩，如今才明白那句話的重量。馬場雖然是殺手，卻從不用球棒傷人，理由似乎不單單是因為球具是神聖的。一個平凡的高中生遭人用金屬棒毆打全身，精神上想必也受了很大的傷害。

「救護車和警察趕到的時候，馬場的父親已經沒有意識，因為出血相當嚴重。馬場一直叫著『救救我爸爸』，但其實他自己也傷得很重，頭部流血，斷裂的骨頭刺進內臟。兩人都立刻被送進手術室，就和現在一樣。」

重松將視線轉向手術室大門。

「後來馬場活下來，他父親卻死了？」

「嗯。」重松點了點頭。「馬場失去唯一的親人。聽附近的住戶說，他們父子倆感情很好，常常一起在公園裡玩傳接球。」

敘述案情的重松臉上浮現悲痛之色。

「雖然那小子現在總是嘻皮笑臉的，但當時真的很淒慘，表情就像是走了地獄一遭……哎，這也難怪，畢竟他吃了那麼多苦頭。我為了問案去探過幾次病，那小子死氣沉沉的，活像是和沒有感情的人偶在說話。」

林不敢相信地皺起眉頭。從馬場現在的模樣，難以想像他曾有過這樣的時期。

原本只是個熱愛棒球的平凡高中生，整個人生卻因為這樁慘案而脫離常軌。

「案發隔年，馬場傷勢痊癒，順利出院，但他卻輟學，也不再打棒球了。之後他好像去中洲的酒店打工當服務生，賺取生活費。」

如果繼續打棒球，就算選秀時沒被職業球團選上，也有機會經由業餘棒球隊或獨立聯盟加入職棒——惋惜馬場才能的棒球社教練曾如此說過。

倘若慘案沒發生，現在能否看到披著鷹隊戰袍的「馬場善治選手」呢？林想像著在電視上看到馬場站上打擊區的情景，內心五味雜陳。

「過了一陣子，我去馬場家，想看看他最近過得怎麼樣，結果正好撞見他在打包行李。」

重松詢問馬場要去哪裡，馬場回說「要搬家」。他說他無法繼續待在這個地方。

「當時我想，也難怪他要搬家。繼續待在那裡，二十四小時都會想起那樁慘案，搬家是個明智的選擇，他可以在新家展開新的人生。我希望他能夠忘記慘案，過著幸福的生活。」

然而那一天，馬場向重松提出一個奇怪的問題。

「……那小子向我詢問別所暎太郎的事：『那個男人有家人嗎？』」

「你是怎麼回答的？」

「我照實說了。別所暎太郎無父無母，但是有一個弟弟。這是馬場第一次對別所的私事感興趣，我有一種不祥的預感，所以就問他為什麼問這個問題。」

『有的話，你打算怎麼辦？』重松如此詢問，馬場只回一句：『不，沒打算怎麼辦。』並未多說。

然而，重松總覺得那個問題別有意義。林也有同感，他不認為當時的馬場會基於單純的好奇心提起加害人。

「換句話說，當時馬場就打算向別所報仇嗎？」

「嗯，應該是。」

詢問有無家人的理由，是想確認別所死了是否會有人悲傷嗎？還是連別所的家人都視為復仇對象，打算趕盡殺絕？

無論為何者，馬場顯然打算透過某種方式替父親報仇。

「……那一天，馬場露出有所覺悟的眼神。」重松垂著頭，用沉重的口吻繼續說道：「當時我應該察覺他即將踏上歧途……」

後來，馬場為了報殺父之仇，拜入殺手門下。對方是被稱為「仁和加武士」的傳奇人物。

「那小子拋棄自己的人生，選擇為復仇而活。之後我再見到馬場時，他已經繼承仁和加武士的衣缽，成為不折不扣的殺手。」

「……原來是這樣。」

林喃喃說道，回溯過去的記憶。從前曾聽馬場談過夢想，馬場說他以前立志成為職棒選手。這樣的高中球兒怎麼會變成殺手？林好奇地詢問，馬場只是含糊其辭：『是呀，為啥呢？』

案發當時，馬場還是個高中生，精神尚未成熟的少年突然遇上那種慘案，難免自暴自棄。為什麼自己會遇上這種事？為什麼父親會被殺？他大概無法接受現實吧，林能理解這種無奈的心情。被奪走的事物太過重大，要填補這個缺口，必須付出相當的犧牲，向那個男人報仇才行——或許年少的馬場便是如此認定的。

然而，縱使是高中生，應該也明白這麼做並不正確。即使尚未成年，也已經到了能夠分辨是非的年紀。選擇這條路的是馬場，責任在他身上。

「那傢伙心意已決，就算你阻止，他大概也不會乖乖聽你的勸。他很頑固啊。」

所以，重松用不著自責。林輕輕拍了拍他的肩膀。

聞言，重松有氣無力地點了點頭。

「……嗯，是啊，我知道，所以我也死心了，改以隊友的身分、以刑警的身分協助那小子報仇。」

墮入黑暗世界很容易，要脫離卻很困難。林自己也深知這個道理。

只要有契機，任何人都可能踏入歧途；若是有不能返回正途的理由，那就更不用說了。對於馬場而言，父親之死是契機，也是理由。在那之後，他成為殺手、靠殺人維生，全都是為了有朝一日為父報仇。

在案發十三年後，這一天總算到來。

「那小子今天打算向出獄的殺父仇人報仇。」

馬場拜託重松夾帶案發當時使用的凶器給他。用殺死父親的刀子殺掉別所，這就是馬場的復仇。

而那把凶器的特徵和刺入馬場腹部的刀子極為相似。

「……換句話說，馬場反而栽在對方手上？」

「八成是。他也可能是打算和別所同歸於盡。」

重松似乎認為馬場想用那把刀子刺殺別所，卻失手身負重傷。

不過，林不這麼想。

馬場不可能失手。林不相信馬場會輸。林知道馬場的實力，也和他交過手，縱使對手是曾在 Murder Inc. 工作的殺手，一個剛出獄還有一段空窗期的男人，豈有辦法與馬場抗衡？

「他不可能會輸，也不可能和對方同歸於盡。」

「在一般狀況之下是不會……不過，這次的對手不同，馬場的精神狀態也不尋常。」

聽了重松的話語，林皺起眉頭。

「有什麼不同？」

「你也知道吧？那小子曾經被別所打成重傷，因此住院好幾個月。當時還是小孩的馬場對別所應該懷有強烈的恐懼。」

「喂，你該不會要說……」林一笑置之。「當時的心理創傷重新浮現，所以馬場才輸掉的吧？」

林認為不可能，重松卻點了點頭。

「你知道『馬戲團的大象』理論嗎？」

林從來沒聽說過，搖了搖頭問：「那是什麼？」

「在地上打樁，並用鎖鏈兩頭綁住木樁和小象的腳。小象雖然想逃，但力量不足以把木樁拔起來，就認定自己敵不過木樁。等到小象長大以後，即使擁有輕鬆拔起木樁的力量，牠還是不會逃走。因為，從小被灌輸的觀念讓牠認定自己無法拔起木樁。」

林歪頭納悶：「那又怎麼樣？」

「馬場也一樣。」重松說：「或許那小子在無意識間也被灌輸了這種觀念，認定自己贏不了別所暎太郎，敵不過那個男人的力量。」

所以馬場無法發揮平常的實力，敗給了別所，明明是贏得過的對手卻贏不了。

林明白重松的理論。

但是，他不願意這麼想。

「……那傢伙沒這麼軟弱。」

他不願承認馬場也有軟弱的一面。那傢伙很強，仁和加武士是福岡最強的殺手，不可能輸給那個姓別所的過氣殺手。

——他才不會因為那點小傷就掛點。

林在心中如此告訴自己，垂下頭來握緊拳頭。

「他會失手，應該是有其他理由。」

林和馬場相識的時間雖然不算長，但經由朝夕相處，他自認很了解那個男人。馬場不是那種會為心理創傷所苦的脆弱男人。

這時候，手術室的紅燈突然熄滅，兩人都猛然抬起頭來。

過一會兒，身穿綠色手術服的醫師走出手術室。

林和重松不約而同地站起來。

「醫生，馬場呢？」

「手術結果怎麼樣？」

兩人急切地詢問。

「已經沒事了。」醫師的表情略微緩和下來。「傷患現在的狀況很穩定，只不過還不能大意。」

重松一臉恍惚地問：「所以……他暫時沒事了嗎？」

「嗯，沒錯。」

「謝謝您，醫生。」重松開心地握住男醫師的手。「謝謝您。」

幸好手術成功了。

太好了，真是太好了，林深深地吁出一口氣。在他放下心中大石頭的同時，全身跟著一軟，當場跪下來。

博多豚骨
拉麵團
HAKATA
TONKOTSU
RAMENS

七局下

公司下達的指令——抓住別所暎太郎，逼他招出情報——進行得不太順利。

身為殺人承包公司員工的阮在監獄前埋伏，對剛出獄的男人發動奇襲，結果卻不盡人意，非但沒有抓住對方，反而讓對方奪槍逃走，可說是徹底失敗。他太小看引退十幾年的老頭子。

不過，現在不是反省的時候。阮拜託情報販子調查別所的下落，得知別所正前往某個地方。阮在雨中開著出租車趕往現場。

那是一棟平凡無奇的老公寓，兩層樓高，只有十來戶，不像是有人住。

別所跑來這種地方幹什麼？阮完全想不通，不過，只要待會兒逼問他就行。

一樓的邊間傳來聲響。瓦斯表是停止的，應該是空屋沒錯，裡頭卻有說話聲，似乎有人。或許是別所。

阮屏氣斂聲，安靜地入侵屋內。

如他所料，別所就在屋裡。榎田提供的情報是正確的。

不過，現場不只別所一人，還有另一個男人。這就出乎他的意料之外。兩人在打鬥。別所騎在男人身上，朝對方的胸口揮刀。男人突然掙扎，刀子因而刺歪，插入腹部。雖然刺歪了，傷口依然很深，鮮血猛烈地噴濺而出。

別所並未停止攻擊，再次舉刀刺向負傷的男人。

到底是怎麼一回事？阮一頭霧水。剛出獄的別所為何要殺那個男人？他和那個男人有什麼恩怨嗎？

不過，這倒是個好機會。現在別所渾身都是空隙，只顧著注意自己的目標，完全沒有察覺阮的存在。

趁現在！阮採取行動，悄悄走到別所背後喚了聲「喂」，待別所回過頭來，立刻給他的臉孔一拳。

這記攻其不備的奇襲輕易將別所打得失去平衡，阮趁機發動下一波攻擊，一腳踢向別所側腹，接著右、左交互出拳，毆打別所的臉孔。攻勢一波接一波，不讓對手有反抗的機會，最後則是一拳直搗心窩。

別所當場昏厥倒地。

分出勝負時，被別所攻擊的男人已然消失無蹤。斑斑血跡一路往外延伸，那人似乎是趁著阮和別所打鬥時逃走了。就傷勢看來，大概是撐不久了。

話說回來，那個男人究竟是誰？為何被別所攻擊？阮歪頭納悶。也罷，待會兒逼問這傢伙就知道了。

現在還是先完成工作再說吧。阮扛起如屍體般虛軟無力的別所，回到車上。

為防別所逃脫，阮用繩子綁住獵物的手腳之後，才把別所塞進出租車的後車廂裡，開車離開。

之後，阮駛進中洲的立體停車場，把車停在監視器死角的停車位上。

在車裡等待幾小時後，車身突然晃動起來，八成是恢復意識的別所在後車廂裡掙扎。

阮走下駕駛座，繞到車後。

「——終於醒啦？」

他打開後車廂，對別所說道。

別所一看見阮，便咂了下舌頭。「原來是你？」他剛才挨了好幾拳，整張臉腫起來，嘴角也滲出血。

「是公司命令你來的吧？」別所冷笑：「怎麼？不是要殺我嗎？」

「嗯，我是要殺你。」

阮點了點頭。現在只是暫時讓他活命。

「不過在那之前，我有很多問題想問你。」

這些問題的答案也是公司的目的之一。阮俯視被綁住的別所，立刻開始審問。

「你為何逃離公司？」

「原來是要問這個。」別所一笑置之。「逃離那家公司的人又不只我一個。我只是對公司感到厭倦，所以才逃走。」

阮暗想，這人在說謊。

雖然 Murder Inc. 的離職率確實很高，但是像別所這樣成績斐然的人，不可能只為了這種理由離職。

阮繼續問道：「十三年前，你犯下強盜殺人案被捕。你為什麼要幹那種事？」

「我需要錢。」別所滿不在乎地回答。

視線和語調都是四平八穩，他這次說的似乎是實話，又或許只是善於撒謊而已。

阮疑惑地心想，這是怎麼回事？既然需要錢，何必離開公司？若是他繼續工作，便可以獲得為數不少的酬勞。如果到頭來還是要犯罪，根本不必金盆洗手。別所的說詞似乎有點矛盾。

看來有必要繼續追問下去。

「那你去那棟公寓做什麼？」

「我只是在找房子而已。剛出獄，沒地方住。那間房子還不錯吧？」

別所笑道。被人所擒竟然還如此從容？阮暗自佩服。

阮提出下一個問題：「那個男人是誰？」

「哪個男人？」

「你想殺的那個男人。」

「誰曉得？可能是房東吧。」

別所淡然回答，甚至有些以調侃阮為樂的跡象。

「你為什麼要殺那個男人？」

「因為他一直叫我離開，很煩。」

「其實你認識他吧？」

「不認識。」

「那個男人和你逃離公司有關嗎？」

「沒有。」

除此之外，別所什麼也沒說。

「給我老實回答！」

阮加強語氣，但別所只是面露冷笑。

「回答了又如何？你一直懷疑我，不管我說什麼你都不會相信，這樣回答有什麼意義？」

面對一派從容的對手，阮不禁心生焦躁。

——這個混蛋，瞧不起我是吧？

阮皺起眉頭，瞪著別所說道：「廢話少說，快點老實招來。」

「不要，我不想和你說話。」

「你想死嗎？」

「反正我說了也會死。」

「如果你說了，可以死個痛快。」

「那就更不能說。」別所面露賊笑說：「要是說了，我就沒有利用價值，馬上會被你殺掉。」

這個男人說得沒錯。公司的指令是收拾別所，就算他老實招來也得不到好處。

「我不想死。與其大嘴巴求個好死，我寧可選擇賴著活。」

還真有種啊！雖是敵人，阮卻也不禁佩服。

「……原來如此，想打持久戰是吧？」阮拿出刀子笑道：「也好，反正我多的是時間，就慢慢整治你，讓你乖乖招來。」

美紗紀受邀參加茶會，獨自外出。每當她說「要和朋友出去玩」的時候，監護人次郎總是歡天喜地，似乎很高興她找到玩伴。雖然次郎嘴上叮嚀「不要太晚回來喔～」，臉上卻是笑容滿面地送美紗紀出家門。

每次看到次郎那樣的表情，美紗紀便會萌生些許罪惡感。有祕密瞞著最親近的家人，讓她感到心虛。她不敢跟次郎說自己的朋友是個什麼樣的人。

來到平時的約定地點——天神的某個投幣式停車場一看，紅色露營車已經停在那裡。

美紗紀敲了敲車門，茶會的主人探出頭來。

「美紗紀，歡迎光臨。」

在小丑打扮的男人邀請下，美紗紀踏入車內。菱格壁紙環繞的童話空間拓展於眼前，露營車裡宛若另一個世界。

自從成為朋友以來，美紗紀便常來這個房間玩耍，已經完全適應臉上化了妝的詭異小丑男，與這個以黑色、紫色為基礎色調的俗豔房間。

「——次郎什麼事都不讓我做。」

美紗紀坐在哥德風的椅子上，一如平時地大發牢騷。說來不可思議，美紗紀與小丑無話不談。

「我也想做些正式的復仇工作，卻只能當跟班。你不覺得這樣一點意義也沒有嗎？」

「……美紗紀不喜歡當跟班嗎？」

男人一面玩弄灰粉色頭髮，一面歪頭詢問。

這個房間的主人有些與眾不同，甚至該說是非常奇特才對。他的外貌雖然是二十來歲的青年，內在卻是和美紗紀年齡相仿的小孩。由於幼時受虐的緣故，他的心中住著另一個人。

名字叫做麥加。

麥加只是個人格，沒有實體，而且是個殺人魔。不過對美紗紀而言，麥加是可以分享心理創傷的重要朋友。

「當然討厭。只當跟班，連狗都做得到。」

「狗好厲害，可以和美紗紀做一樣的事。」

……只可惜有時候會雞同鴨講。

剛見面時，美紗紀非常懼怕他，但是知道他的遭遇之後，便了解他的為人。他確實殺了人，但那是因為他鮮少與人交流，不懂世事。正是因為心靈單純，小孩會毫不在乎地做出殘酷的事。這個叫麥加的男人也很單純，是個心地善良的孩子，若非如此，美紗紀也不會與他結為好友。

美紗紀從前也是在虐待之下長大，現在踏上了犯罪之路。身世相近，年齡也相仿的朋友——麥加的情況是指精神年齡——對於美紗紀而言，是寶貴的存在。

「次郎實在是保護過度了。」

美紗紀明白次郎是擔心自己，但是分派一些工作給她又有何妨？美紗紀有些忿忿不平。

「保護過度？」

麥加歪頭納悶，似乎不明白這個字眼的意思。

「唔……保護過度就是非常疼惜那個人的意思。」

「那麥加也是保護過度。」他點了點頭。「麥加很疼惜美紗紀。」

美紗紀面露苦笑。「意思好像不太一樣……哎，算了。謝謝你，麥加。」

麥加從小就在四處巡迴演出的馬戲團裡工作，雜耍是他的看家本領，偶爾會表演給美紗紀看。最近，他每個禮拜都會抽出幾天去中洲的福博相逢橋表演抛雜耍棒，此外賺點外快。

「美紗紀，請用茶。」

說著，麥加遞出茶杯。

「謝謝。」

美紗紀接過茶杯，喝了口茶。

今天是奶茶。麥加總會端出美味的茶與茶點招待客人。

「美紗紀，好喝嗎？」

「嗯，好喝。」

貓腳桌上擺了盤星形餅乾，有兩種顏色，白色是奶油口味，黑色是可可亞口味。

美紗紀把白色餅乾放入口中，含蓄的甜味在舌頭上擴散開來。

「餅乾也很好吃。」

聞言，麥加得意洋洋地挺起胸膛說：

「是麥加烤的。」

「你烤的？真的？」

美紗紀大吃一驚地瞪大眼睛。仔細一看，確實有些餅乾的形狀歪七扭八，似乎真的是麥加親手做的。

「麥加，你好厲害，居然會做點心。」

說完，美紗紀又納悶地環顧房裡。

「……可是，這個房間裡沒有烤箱啊。」

「用平底鍋烤的。」

「真的？好厲害！」

美紗紀又吃了一驚。平底鍋可以烤餅乾？他是去哪裡學來的？美紗紀十分好奇。

「麥加，你的手真的很巧耶。」

因為他是街頭藝人嗎？美紗紀想像用平底鍋烤餅乾的小丑，覺得有點好笑。

「妳也要試試看嗎？」

「嗯，我要試。」

「那明天一起烤餅乾吧。」

「好耶！」

美紗紀從來沒有烤過餅乾，似乎很好玩。她盤算著向麥加討教烘焙方法，回去和次郎一起嘗試。

「以後可以做很多美紗紀想做的事。」坐在對側的麥加笑道：「麥加也會幫忙。」

——想做的事啊？

說來不可思議，美紗紀有種感覺，只要和他在一起，什麼事都做得到。

八局上

馬場直接住院了。

走出醫院以後，林和重松彼此道別。重松似乎還得回去工作。身為刑警的重松趕來，幫了林不少忙，臨別之際，林向他道了謝。

走著走著，林的肚子突然開始咕嚕作響。這麼一提，他今天還沒吃過任何東西。大概是得知馬場保住一命，鬆了一口氣的關係，林突然食欲大振。

林打算吃頓飯，便朝著中洲前進。現在是傍晚五點，這個時間應該開始擺攤了。

走在那珂川沿岸，如林所料，剛田源造的攤車已經開張。

「喂，林！」

一看見林，源造便一臉錯愕。

「你身上的血是怎麼回事呀！」

「……啊？」

——血？

經源造一說，林才察覺自己的衣服全都是血，是抱住馬場的時候弄髒的，他完全忘記這件事。

難怪路人頻頻打量自己。

「啊，沒事啦。」為了讓源造安心，林用輕鬆的口吻回答：「這不是我的血。」

「那是誰的血？」

「馬場。」

聞言，源造更加錯愕。

「……你們吵架這麼火爆呀？」

他誤會了。

林在攤車的椅子坐下來，搖頭說「不是啦」，並向源造說明今早開始發生的一連串事件。

聽完來龍去脈之後，源造一臉擔心地皺起眉頭。

「那馬場現在沒事唄？」

「哎，總算是撿回一條命。」林回答：「聽醫生說，他不久之後就會恢復意識。」

「那就好。」源造鬆一口氣，並慰勞林：「你也費了不少心力呀，辛苦你啦。」

他把大大的手掌放在林的頭上。

「……嗯。」林微微地點了點頭。

自己只是陪馬場去醫院，卻感到疲累萬分，或許是精神壓力太大吧。

林拄著臉頰，喃喃說道：「……我是頭一次看到那傢伙變成那副模樣。」

他以前從未見過如此虛弱的馬場。

當時，倚在自己身上的男人感覺格外地輕，也格外矮小。皮膚冰冷、臉色蒼白、毫無生氣，活像失了魂的屍體。

「我還以為他會死掉。」

當時，這樣的念頭一瞬間閃過腦海。

林扶著被雨淋濕而渾身冰冷的馬場，手一反常態地顫抖。

林一直以為那個男人是金剛不壞之身。雖然從未說出口，但他向來肯定馬場是個本領高強、強壯又可靠的男人，無論陷入什麼險境都能夠平安過關。

可是，這次不然。一個運氣不好，馬場或許已命喪黃泉。

縱使是有福岡最強之譽的「殺手殺手」，腹部中刀同樣可能失血死亡。仁和加武士並非無敵的英雄，也不是不老不死的怪物，只是個人類——直到此刻，林才認清這個事實。

林嘆一口氣。今天他的情緒相當低落。畢竟發生了那種事，無可奈何。

源造見林表情黯淡，有些於心不忍。

「真的，幸好他沒死。」源造故意用開朗的聲音說道，並露齒而笑，鼓勵林：「那小子的命真夠硬。」

林也跟著微微一笑。「……嗯，是啊。」

無論如何，幸好馬場活下來了——現在只能這麼想。

不過，還有一件事林百思不解。

「……那傢伙為什麼回來事務所呢？」

林實在想不透其中的理由。

馬場受了那麼重的傷，卻自行開著愛車回到事務所。既然他還留有餘力，為何不直接去醫院？

「或許是腦筋轉不過來，沒想到要去醫院唄。」

聽了源造的回答，林歪頭納悶。「是嗎？」

的確，當時的馬場意識朦朧，無法正常下判斷。林甚至覺得，真虧他能夠在那種狀態之下開車。

「……不過，如果沒有意識，不是更會出於本能求生嗎？」

馬場可以叫救護車，也可以向路人求助，方法多的是。

然而，馬場並未這麼做，活像是在避免獲救。這種愚蠢的行為根本是自找死路。

「或許他是在挑選自己的死亡之所。」

源造沉吟道。

「對。那小子可能認為自己沒救了，所以沒去醫院，而是選擇自己的城堡做為迎接生命最後一刻的地點，也就是那間事務所。或許他是想在家裡安安心心、平平靜靜地迎接死亡。」

「……死亡之所？」

聽了源造的一席話，林也點了點頭說：「原來如此。」

這是令人興味盎然的話語。

——挑選死亡之所啊？

林完全沒有想過臨死前的事。他只顧著努力在這個世界活下來，從未考慮過這個問題。

他突然想道，如果自己快死了，會選擇哪裡做為死亡之所？會想在哪裡迎接死亡？

在林暗自思索之際，手機突然震動。有人來電，而且是不知道的號碼。

林接起電話，原來是醫院打來的。馬場似乎已恢復意識，明天下午起即可面會，馬場本人也同意見客。

林掛斷電話，向源造報告：「馬場醒了。」

這下子總算能暫且安心。

源造也鬆一口氣。「嗯，太好了。」

「院方說明天下午就可以面會。」

「那我們去探望他唄。」

說著，源造把拉麵放到林的面前。

「現在先好好吃麵，補充元氣。」他皺起眼尾笑道：「來，我請客。」

「不好意思。我肚子好餓。」

長者的關懷讓林深受感動。林合掌說聲「開動了」，拆開衛生筷。

在他把麵條放入口中時——

「——我也要吃拉麵。」

背後突然傳來聲音。

「源伯請客喔。」

布簾縫隙間探出一顆白金色的頭，原來是榎田。

「你要收錢。」

「……小氣鬼。」

榎田喃喃說道，在林的身旁坐下來。

「欸，馬場大哥不要緊吧？」

「你已經知道了？」

林瞪大眼睛。不愧是情報販子，消息真靈通。

「嗯，他還好。」林邊吃麵邊回答。「……話說回來，你是怎麼知道馬場的事？重松告訴你的嗎？」

「不是。」

「難道你也會入侵醫院系統嗎？」

林不禁擔心福岡市內所有醫院的病患個資，是否全都落入這個男人手裡，但似乎並非如此。

「不是啦，只是推測。」榎田說道：「我有事要找你，可是打電話你都沒接，所以才調查你的所在位置，想直接去找你。你一直待在醫院，對吧？但是你看起來很健康，所以我猜，你待在醫院的理由，不是陪別人就醫，就是去探病，而會讓你這麼做的人只有馬場大哥吧。」

他的腦袋還是一樣靈光，林不禁佩服。

「難得馬場大哥會去普通醫院。他是進行棒球訓練時骨折了嗎？還是練揮棒練過頭，側腹肌肉拉傷？」

「他是被刺傷的，腹部的傷口很深，幸好手術成功。」

「哦？那就好。」

「——所以呢？」林改變話題。「你找我有什麼事？」

「我要把這個交給你。」

說著，榎田把一疊紙放在拉麵旁邊。

「這是什麼？」

「你拜託我的工作。」

哦！林想起來了，是迷魂大盜案。他拜託榎田調查自己監禁的男人身分。

「發生太多事，我都忘了。」

因為馬場出事，使得林無暇他顧。

榎田一面吃拉麵，一面報告調查結果。

「男人的指紋和警察採到的一致。」

「鐵證如山啊。」

這麼說來，其他類似案件八成也是那個男人犯下的。這下子總算逮到犯人。

「私人物品我也調查過了。駕照和健保卡上的資訊都是假造的，名片上的姓名和職業也是五花八門，有的是律師，有的是旅行社員工，好像是一人分飾多角。」

林拿起那疊紙，瀏覽內容。榎田製作的資料裡記載著假身分的細目。

「這小子到底是什麼來頭？」

林原以為，縱有榎田之能恐怕也查不出來，但看來並非如此。

榎田揚起嘴角說：

「關於這個問題，我查到一件很有意思的內幕。」

他興奮地繼續報告。

「我從手機的簽約人資訊查出那個男人的身分。機種雖然是新的，和手機公司的合約卻是十五年前簽的，號碼也一直沒有換。你翻開下一頁看看。」

林依言翻閱資料。上頭詳細記載著男人的資訊，還附上大頭照。照片和林抓住的男人一模一樣，錯不了。

「這個男人的本名叫做別所航生，三十歲，單身，在設施長大，無父無母，但是有一個年紀相差很多的哥哥。」榎田面露賊笑。「名字叫做別所暎太郎。」

林猛然抬起頭。

「別所暎太郎？該不會是——」

「對，就是你想到的那個人。」榎田指著林說道。

馬場的殺父仇人。今天常聽見這個名字。

「資料裡也有戶籍謄本的影本。」

這回榎田指向資料，瞇起眼睛說道：

「別所暎太郎，十三年前襲擊馬場大哥家的犯人。你抓到的男人就是他弟弟——欸，很有意思吧？」

現在不是悠哉用餐的時候。

林連忙吃完拉麵，前往中洲的商務飯店。房號是六二七號室。他用房卡打開門，走進房裡。

男人依然在房裡，被綁在椅子上。一察覺林，他便扭動身子，發出「唔、唔」的低吼。他的嘴上貼著膠帶，林聽不懂他在說什麼。

林一撕下膠帶，男人便如洪水決堤般滔滔不絕地說道：

「好啦、好啦！我承認是我幹的，全都是我幹的！我灌醉女人，搶走她們的錢，還把她們身上的首飾拿去變賣，是我錯了——這樣你滿意了吧？欸，快點放了我啦！」

「我不是為了這件事而來。」林搖頭。「我有事想問你。」

「我有問必答，快點放了我吧！我想上廁所。」

「別所暎太郎。」

聞言，男人的表情頓時僵住。

「他是你哥哥，對吧？別所航生。」

男人沉默不語。

不過，他明顯動搖了，表情像是在說：「你怎麼知道這個名字？」

「果然是這樣。」

林點了點頭。榎田的情報正確，這個男人和刺傷馬場的男人是血脈相連的兄弟。

「你們被父母拋棄，在設施裡長大，兩兄弟相依為命，對吧？」

「你怎麼——」

「我說過吧？我會查個一清二楚。」

不過，當時林倒是完全沒想到竟會挖出這樣的事實。

林緩緩走向男人，回憶榎田提供的報告書內容。

「你哥為了養你去當殺手，但是在十三年前被捕。少了哥哥，你為了自力更生，就開始靠著犯罪賺外快，對吧？」

兄弟都是犯罪者，真是無藥可救。不過，弟弟似乎不像哥哥那樣有殺人的覺悟。

「幾年前，你好像是幹結婚詐欺的吧？把你刪除的簡訊恢復以後，出現很多和不同女人聯繫的訊息。」

男人驚訝地瞪大雙眼。

林揭穿這個男人所做的壞事，分內工作可說是完成了。按照原訂計畫，他應該把這個男人交給復仇專家。

不過，他改變主意了。他還有事要問這個男人。

「我的朋友被你哥刺傷，差點沒命。」

林拿出一台智慧型手機。那是別所航生本人的手機，向榎田借來的。

林把手機畫面湊到對方面前質問：「你哥的號碼是哪一個？」

查看手機之後，林發現裡頭登錄了幾個聯絡資訊。沒有姓名，只有號碼。

「我想聯絡你哥。」

說到這兒，林突然暗忖：「我想做什麼？」連他自己也不明白，問出別所暎太郎的聯絡方式以後，又該怎麼辦？

林沒有頭緒，不過，他不能坐視不理，不能放任別所逍遙在外。這股衝動驅使著他行動。

林在心中自問，是想替馬場報仇嗎？以弟弟為人質，打電話把別所叫出來——之後呢？殺了別所嗎？還是把別所綁起來交給馬場？

該怎麼做？正確的選擇是什麼？林不明白，他尚未找出答案。

不過，他不能在這時候打退堂鼓。答案到時候再想吧。

「快說，哪一個是你哥的號碼？」

面對林的逼問，別所航生嗤之以鼻。「不告訴你。」

「……是嗎？」

——他中計了。

聞言，林面露賊笑。

「你剛才的回答等於是不打自招，正確答案是『沒在裡頭』。」

「啊？」男人皺起眉頭。「什麼跟什麼？」

「你那樣說，代表這裡頭有你哥的電話號碼。既然如此，我只要一個一個打看看就知道答案。」

林操作手機，撥打所有的電話號碼。絕大多數是女人的電話號碼，不知道是這個男人的女朋友？還是待宰的肥羊？

「——看來是這一個了。」

最後剩下的號碼，應該就是別所暎太郎的電話。

林撥打電話。

『——您撥的號碼是空號，請查明後再撥。』

聽見回應的語音，林不禁皺起眉頭。「……啊？」

「你說得沒錯。」男人開口，「那是我哥的號碼，只不過早就解約了。」

真遺憾啊！男人嘲笑道。

這個混蛋，居然敢耍我——林暗自咂一下舌頭，大感焦躁。他現在心情不好，任何話都無法當成耳邊風。

「既然這樣……」還有其他方法可以查出別所暎太郎的下落。「只好逼你說出你哥的下落。」

或許是因為身世之故，別所兄弟的感情十分深厚，不可能不見面。哥哥出獄後，應該會聯絡弟弟才是。這個男人一定知道接觸別所暎太郎的方法。

然而——

「我絕對不會透露半點關於我哥的事，不管你怎麼對付我。」

別所航生用強硬的語氣說道，筆直地回瞪林，彷彿在表達他的堅定意志一般。

「真有義氣啊，太感人了。」

林用鼻子哼一聲，拿出武器匕首槍，冷冷地俯視目標。

既然他是這麼打算，自己也不用客氣。

「那就來比比看誰撐得比較久吧。」

用不著找拷問師，我會親手讓你乖乖招出來，看你能忍到什麼時候——林握住刀子，露出冷笑。

八局下

十三年前的那一天。

那樁慘案改變了馬場的一生。

當時，馬場由於被金屬球棒痛毆，全身的骨頭都產生裂痕，有的甚至嚴重到斷裂的地步；內臟也受到損傷，生命垂危。

父親傷重不治。因為出血過多，送達醫院不久便宣告死亡。

等到馬場恢復至可以走動的程度時，父親的葬禮早已結束。這段期間，他只能躺在床上，連要好好哀悼唯一的家人之死都沒辦法。

與父親重逢時，父親已經化為裝在小盒子裡的骨灰。

案發後，馬場一恢復到可以開口說話的狀態，刑警便頻頻造訪病房，詢問案發當時的所有細節。每當這種時候，馬場都會被迫挖掘不願回想的記憶。

老實說，他十分厭煩。

案發當天的晚上，馬場結束社團活動回家，發現家中有個男人掐著父親的脖子，打算殺害父親。馬場為了解救父親，抄起球棒衝向對方，卻反被奪走球棒，遭到一頓痛毆。他被打得遍體鱗傷，頭痛欲裂，意識朦朧，不知幾時間昏倒了。當他再次醒來時，父親已經中了男人的刀——他一而再、再而三地對警察說明同樣的內容。

同時，馬場察覺一件令人費解的事。

那一夜，戴著仁和加面具的男人救了自己，然而每當馬場提起那個男人，所有刑警都歪頭納悶，異口同聲表示「怎麼可能有這種人」、「是你看錯了」、「或許是意識朦朧而產生幻覺」，沒人當一回事。

那不是看錯，也不是幻覺，當時確實有個男人在場——用仁和加面具遮住臉，佩帶日本刀，身穿和服便裝的男人。

不信任感逐漸萌生，胃部有種亂糟糟的感覺。這些人是不是在隱瞞什麼？面對刑警們宛若事先套好說詞的態度，馬場覺得渾身不舒服。

打開電視，播放的是福岡的地方新聞節目，話題正好是自己被捲入的那樁案子。犯人的名字也被報導出來了——別所�太郎，二十八歲，無業。電視上映出的照片確實是當時的男人。

——就是這個男人殺死爸爸。

慘案的記憶倏地在腦中復甦，當時的光景猶如濁流，流入意識之中。無端被毆的那一晚，光是回憶，身體便開始發抖。憤怒、恐懼、憎恨、懊悔——對於犯人的各種情感在心中打轉，全身傷口都開始發疼。

馬場至今仍然不明白，為何自己會遇上這種事？為何父親會被殺？老天爺是基於什麼考量，才讓他背負如此悲慘的命運？大概永遠不會明白吧……從今以後，他必須懷著無法理解、無法接受的心情繼續活下去。

馬場關掉電視，在病床上躺下來。

為了逃離厭惡的回憶，他試著關注今後。他有種感覺，自己大概無法回歸普通的生活了。發生那種事情之後，他不認為自己還能像從前一樣用功讀書、從事社團活動。失去父親這個唯一的親人，他已無心上學，也沒有餘力打棒球。他必須工作，否則無法養活自己。

躺著躺著，不知不覺間便睡著了，是敲門聲吵醒了馬場。

馬場回應之後，門打開來。

一名刑警探出頭來，是個年輕的男人，年紀應該還不到三十歲。他穿著西裝，手臂上掛著脫下來的外套。

馬場記得他的名字叫重松。有好幾個刑警來過病房，其中最常露臉的就是他。

『狀況如何？』重松詢問：『復健還順利嗎？』

『是，還可以……』

馬場含糊地回答。雖然傷勢好了許多，但稱不上狀況良好，而且他的情緒一直很低落。

刑警突然開始閒話家常。

『對了，聽說你在打棒球？守哪個位置？』

『……內野。』

主要是二壘手——馬場補充。

『是嗎？希望你能早點回去參加社團活動。』重松瞇起眼睛，談起自己的往事。

『老實說，我在學生時代也是棒球社的，擔任捕手。』

醫生說過馬場的身體能夠痊癒，和從前一樣打棒球。

不過，問題在於心理方面。遇上那樣的慘案，只怕他的心是難以復原。

馬場想起剛才的新聞。他有事要詢問刑警。

『請問……』馬場對重松問道：『犯人會判處死刑嗎？』

別所暎太郎。那個男人會受到什麼樣的制裁？這件事讓馬場耿耿於懷。

『……死刑應該很難吧。畢竟他是初犯。』

聽見這個回答，馬場十分愕然。『怎麼會……』他喃喃說道。

『他堅稱是扭打時不小心刺傷你父親，或許會酌量減刑。』

重松一臉同情地說。

『檢察官是打算求處無期徒刑，但刑期頂多二十年，搞不好十幾年就能出獄。如果他在獄中表現良好，便能更快出獄。』

真不敢置信。

殺了人，奪走自己最重要的家人，犯人竟然不會被處以死刑。這個事實令馬場失望透頂。太沒天理了，他無法容忍。

——爸爸的性命只值十五年？

馬場握緊拳頭，排遣這股憤懣。

——殺死人，難道不該償命嗎？

不過十幾年，殺害父親的男人便能夠重獲自由。早知如此，那一夜不如請那個戴著仁和加面具的男人殺了那傢伙——這樣的念頭閃過腦海。

前提是那個男人並不像刑警們所說的那樣，只是自己的幻覺。

『……雖然沒有人相信……』

或許這個刑警肯相信自己也說不定。馬場抱著淡淡的期待開口說道：

『案發當天，我看見一個戴著仁和加面具的男人。他拿著日本刀打算殺死犯人。』

聽了馬場的話，重松露出些微反應，表情有些僵硬。馬場暗忖，這個刑警果然知道些什麼。

『其他刑警都不相信我說的話，甚至像在隱瞞什麼……』馬場凝視著重松的臉，繼續說道：『警察知道那個人是誰吧？』

『不，這個嘛……』

重松突然支支吾吾起來。

『請告訴我，那個人到底是誰？』馬場從床上探出身子追問：『要怎麼做才能見到他？』

重松一臉為難，皺起眉頭反問：『……你見他做什麼？』

『我有事想問他。』馬場斷然說道：『我想和他見面，和他好好談談。』

馬場有事要確認。為何那個男人那天會出現在案發現場？為何要救自己？那個男人或許知道什麼內情，或許知道父親為何被殺。

重松沉默不語，過一會兒才嘆了口氣，沉重地開口：

『……中洲派出所的熟人跟我說過……』

看來重松似乎願意據實相告。馬場仔細聆聽，以免遺漏一字一句。

『偶爾會看見穿著和服便裝的男人。那個男人週末常去中洲喝酒。』

重松只說了這些。

——去中洲或許就能見到那個男人。

這就夠了。對於現在的自己而言，這是有力的線索。

馬場出院的時候，季節已經是春天，原本的平頭也留長許多。

後來，馬場直接輟學，和班上同學或棒球社的隊友都沒有再次見面。慘案應該已經傳遍學校，和現在的自己見面，只會徒增同學們的顧慮；只要自己在場，氣氛就會變得尷尬不已。馬場也沒有自信能夠承受同學們同情的視線。他知道普通的高中生活已經容不下自己。

出院以後，馬場回到家裡。公寓雖然清理過，但幾乎維持著案發時的樣貌，沒有任何改變，只是少了父親。

從那天起，馬場每晚都去中洲尋找戴著仁和加面具的男人。反正他也無法忍受獨自待在那間屋子裡。

為了賺取生活費，他開始打工。他謊報年齡，在中洲的酒店當服務生，每晚都忙碌地四處走動，替客人帶位或送酒。

日夜顛倒的生活持續約半年之後的某一天。

正當馬場為了招攬客人而在中洲徘徊時，偶然看見一個身穿黑色和服便裝的男人路過。雖然對方並未戴上仁和加面具，但是他一眼就從體格認出來了——是那個男人。

終於找到了。

追尋已久的人就在眼前，心跳自然而然地加速。

男人正要走過福博相逢橋，馬場連忙追上去。

『——先、先生！』

馬場朝著男人的背影呼喚。

然而，男人置之不理。

『請、請等一下！』

任憑他如何呼喚，男人都沒有回頭，連看也不看一眼，兀自大步往前走，嘴上啐道：『抱歉，要拉客找別人吧。我不想玩女人，只想喝酒。』

『不是的！』馬場叫道：『我找您找了很久！』

男人在橋中央停下腳步，總算回過頭來。他看著馬場，似乎認出馬場了。

『啊！』男人瞪大眼睛。『你是那時候的——』

案發至今將近一年，但男人並未忘記馬場。馬場鬆一口氣，點頭表示自己即是當時被男人所救的人。

看馬場身穿黑衣裝，男人皺起眉頭問道：

『……你這身打扮是怎麼回事？』

『我在打工，當酒店服務生。』

『學校呢？』

『輟學了。』

男人大大地嘆一口氣。

『……你在幹什麼啊，真是的。』

他的聲音帶有失望之色。

『——所以呢？找我有什麼事？』

他一面用小指頭挖耳朵，一面興趣缺缺地問道。

聽馬場表示有話想說，男人便換了個地方。

馬場決定翹班，默默跟在男人身後。現在不是打工的時候。好不容易遇見戴著仁和加面具的男人，不能放過這個機會。最壞的情況，就算被酒店開除也無所謂。工作再找就有，但這個男人不見得能夠遇上第二次。

男人來到那珂川沿岸的某個攤車，鑽過掛著「小源」招牌的店家布簾。

『打擾了。』

他打了聲招呼。

攤車「小源」是比較新的店，或許剛開張不久，老闆是個五十幾歲的中年男子。

『哦，這不是正鷹麼？』

老闆熱情地打招呼，似乎認識男人，兩人隔著コ字形櫃台親暱地交談。或許男人是這家店的常客。

老闆稱呼身穿和服便裝的男人為「正鷹」。這似乎是男人的名字。

正鷹熟練地點餐。

『給我兩碗拉麵，還有啤酒……啊，啤酒一杯就好，這小子還沒成年。』

『是、是。』老闆瞥了馬場一眼，調侃似地問道：『那個男孩是誰呀？你的私生子麼？』

『饒了我吧！』

正鷹露出打從心底厭惡的表情。

兩人並肩而坐，拉麵隨即端上桌。

『來，吃吧。你肚子餓了吧？』正鷹催促，似乎是他請客。恭敬不如從命，馬場合掌說道：『我要開動了。』

見馬場開始動筷吃麵，正鷹先一步切入正題。

『——所以……你想跟我說什麼？』

沒錯，現在不是悠哉吃拉麵的時候，馬場有堆積如山的問題想問這個男人。

馬場停下筷子，提出第一個問題。『您是什麼人？』

『不干你的事。』

一開始就碰了一鼻子灰，看來對手很難纏。

馬場不屈不撓地繼續說道：『警察全都裝作不認識您。』

『那你也裝作不認識吧。』

『請認真回答！』

正鷹的敷衍態度讓馬場感到焦躁，忍不住扯開嗓門，捶了攤車的桌面一拳。攤車老闆聽見這道巨大聲響，露出錯愕的表情，但馬場並不理會，繼續問道：

『那天，您為什麼出現在我家？』

那一夜，正鷹見到流血倒地的馬場父親後，說過「我來晚了」。聽他的口吻，彷彿事前就知道馬場父子會遇襲。

『您為什麼要救我？』

『這麼多問題，一次哪回答得完啊？小鬼頭就是這樣……老是嚷嚷「為什麼、為什麼」，吵死人了。』

『請您回答。』

馬場用強烈的語氣逼問，正鷹一臉不悅地沉默下來。

過一會兒——

『……你真的想知道？』

他側眼瞪著馬場，語調有別於剛才，變得相當認真。

『喂，正鷹。』一直默默看著兩人交談的攤車老闆突然插嘴：『你該不會要跟這孩子說——』

正鷹用眼神制止老闆，再度開口：

『我可是忠告過你了，要你忘記這件事，別踏入這一邊。如果你硬要打破砂鍋問到底，後果自己負責，就算以後後悔，我也不管。』

語帶威脅的口吻讓馬場心生怯意，緊緊地抿起嘴唇。

老實說，他有點害怕知道真相。他有種不祥的預感，若是得知真相，已經大幅走樣的人生或許會變得更加無法挽回。

不過，他已經沒有退路。

馬場直視對方，緩緩地點頭。

『我不會後悔的。』

他並不是出於單純的好奇心而打破砂鍋問到底。繼續被蒙在鼓裡只會更加悔恨。他必須知道真相，這是倖存者的責任。

正鷹似乎體認到馬場的決心，總算願意據實相告。他放下筷子轉向馬場，露出一本正經的表情。

『──我是殺手。』

聞言，馬場目瞪口呆。

『……殺、殺手？』

『沒錯，靠殺人賺錢。』

這麼一提，正鷹那一夜確實是想殺死別所。沒想到他是從事這種行業的人。馬場難以置信。若是國外倒也罷了，日本竟然也有殺手？

『殺手……』馬場實在難以接受。『這種人真的存在嗎？』

『就在這裡。』正鷹聳了聳肩。『這個城市裡有許多從事地下工作的人，暗殺行業也很興盛，甚至還有人戲稱博多人口的百分之三都是殺手。』

這人是不是在捉弄自己？馬場突然如此懷疑。或許對方是在開玩笑？

『……您是不是想騙我？』

『你不相信就算了，反正我也沒期望你相信。』

正鷹的表情相當正經。

『那天晚上，我是要去殺那個姓別所的男人。因為我接到委託，所以才會去你家──這就是答案。』

馬場仍然難以置信，一臉詫異地凝視正鷹。

『……這是真的嗎？』

『真囉唆。你也看到我拿著武器了吧？』

的確。那一夜，正鷹手上拿著凶器，一把白鞘的日本刀。他拔出刀來，打算殺死犯人，但是看見馬場，認為在小孩面前殺人不妥，才住了手。

正鷹喝一口啤酒嘆道：

『如果我殺死他，就不會發生那種事。要是我早點趕到你家，你爸爸應該可以保住一條命。』

所以他才說「來晚了」？這樣確實說得通。

『關於這一點，我一直感到很抱歉。』

正鷹自行動手添酒，繼續說道：

『我偶爾也會接受警察的委託，和某些刑警有點交情。他們會隱瞞我的存在，大概是因為這個緣故。』

這番話極具衝擊性，馬場不禁瞪大眼睛。

『怎麼會……警察也會委託殺手工作？』

打從剛才開始，盡是些令人難以置信的事。

然而，正鷹一臉理所當然地點頭稱是。

『世上有許多法律無法制裁的人，這些壞人在社會上橫行無阻，所以警察才在暗地裡委託像我這樣的殺手殺掉他們。應該沒有那麼匪夷所思吧？』

在社會上橫行無阻——馬場猛然醒悟。

別所犯了罪、殺了人，但只要再過十幾年就可以重獲自由，在社會上橫行無阻。

馬場暗想，不能讓那種人活下去。

『——正鷹先生。』馬場覺得自己似乎找到答案，嘴巴自然而然地動了。『我有一個不情之請。』

『什麼？』

馬場有種直覺，這就是自己追尋的答案，他低下頭來大聲說道：

『請教我殺人的方法！』

面對馬場突如其來的請求，正鷹一臉錯愕。

『啊？你在說什麼？還有，聲音太大了。你也稍微顧慮一下場所吧！場所！』

正鷹輕輕打一下馬場的後腦杓。然而，馬場依舊持續低頭懇求：『拜託您！』

『喂喂……』

一道裝模作樣的長嘆聲傳來。

正鷹拄著臉頰，用啼笑皆非的口吻說：『真是的，你到底在想什麼啊？學殺人的方法做什麼？』

那還用問？

『我要向那傢伙報仇。』

終於找到了。唯一的家人被殺，馬場終於找到能夠撫平心中怨憤，以及與那個男人了結恩怨的手段。

如果法律不能將犯人處以死刑，就由自己親手處死犯人。

『我想替爸爸報仇。拜託您。』

馬場更加低下頭來。

然而——

『不要。』正鷹一口拒絕，並嗤之以鼻地說：『我為什麼要教你？要報仇自己想辦法。』

正鷹說得沒錯，他沒有義務幫助自己報仇。

但是，馬場知道現在的自己不是那個男人的對手，只會白白送命而已。他必須先改變自己才行。

『我想變強。』

他再也不想嘗到那種悲慘的滋味。為了達成目的，他必須變強。

『拜託您通融一下！』

馬場目不轉睛地凝視著對方的雙眼。

正鷹眉頭緊蹙，板起臉孔。

數秒過後——

『我聽刑警說……』正鷹突然改變話題。『你並不是你父親的親生兒子？』

聞言，馬場的心臟一陣抽痛。

他微微地點頭。『……好像不是。』

『你本來就知道？』

『不。』馬場搖頭。『是聽刑警說了以後才知道。』

馬場一直不知道被殺的父親——馬場一善並非生父，和自己沒有血緣關係，直到最近才得知這件事。

為了查案，警方請馬場提供DNA，然而馬場的DNA和父親遺體上採集到的DNA顯示他們之間並沒有血緣關係。

馬場還在住院時，為了問案來訪的刑警向他提出這個晴天霹靂的問題：『恕我冒昧，請問您和馬場一善先生是什麼關係？』之後，刑警說明了來龍去脈，馬場這才得知真相。

『你要為了沒有血緣關係的外人成為殺人犯？』

面對正鷹毫不客氣的問題，馬場垂下頭。

剛過世的爸爸竟然不是自己的親生父親。因為慘案而變得脆弱不堪的心，一直無法承受這個打擊，直到最近，馬場才能夠冷靜地面對事實。

『……對我而言，他就是我的父親。』馬場用顫抖的聲音回答：『就算沒有血緣關係，我們還是一家人。』

自己究竟是誰的孩子？父親是因為什麼緣故而撫養自己？至今馬場仍然不明白。即使如此——

『有沒有血緣關係不會改變這個事實。』

那不是重點。馬場一善是自己的父親，無論別人怎麼說、ＤＮＡ鑑定如何主張都一樣。這是馬場苦惱許久之後得到的結論。

奪走至親性命的男人，仍然悠悠哉哉地活在世上。馬場無法容忍這種事，所以他要報仇，殺死別所——如此而已。

如果警察、法律和其他人都不肯殺了那個男人，只好親自動手。

馬場用瞪視般的眼神望著正鷹，正鷹聳了聳肩。

接著，正鷹瞇起眼睛，突然說道：

『……我得了癌症。』

『……咦?』

他沒頭沒腦地說什麼?馬場瞪大雙眼。

『癌症末期,醫生說我只剩下三年的壽命。』

面對突然的告白,馬場無言以對,只能沉默下來,目不轉睛地凝視正鷹的臉龐。他看起來不像是癌症末期的病人。

馬場無法揣度來日不多之人的心境,不曉得該做何反應,正鷹搶先開口說:

『所以我現在正在尋找接班人。』

他面露賊笑,繼續說道:

『如果你要拜我為師、繼承我的衣缽,那我倒是可以鍛鍊你,把你培育成獨當一面的殺手。』

『太好——』

『但是!』正鷹打斷歡天喜地、正要一口答應的馬場,補上一句:『你要好好思考自己有沒有殺人的覺悟。』

馬場閉上嘴巴。

——殺人的覺悟。

只要接受，就能夠得到為父報仇的力量。

相對地，他也會失去許多事物。因為成為殺手，代表背離人道。

『我等你一個禮拜。如果下定決心，就去博多碼頭搭船前往玄界島吧。』

說完，正鷹站起身，說了句「謝謝招待」便轉身離去。

『等、等等——』

馬場呼喚，然而正鷹並未回頭，而是小跑步消失在中洲的人群中。

『等一下！』

馬場的叫聲在攤販街空虛地迴盪。

——他不是要請客嗎？

馬場啞然無語，攤車老闆放聲大笑說：

『你拜了一個不按牌理出牌的男人當師父啦！』

看來似乎是如此。馬場在心中肯定老闆的話語，拿出皮夾。

馬場夢到從前的事。

當他再度醒來時，發現自己躺在床上。

他試著坐起身子，但是腹部使不上力，一陣銳利的痛楚竄過，讓他忍不住皺起眉頭。全身虛脫無力，只好重新躺回床上。

這裡是哪裡？馬場透過昏暗的緊急照明環顧房裡。

這是單人房，而且內附廁所。牆上有一扇大窗戶，窗簾是拉開的。從窗外景色判斷，這裡似乎不是一樓。

——對了，是病房。

馬場想起來了。因為他的意識恢復，傷勢也穩定下來，所以從加護病房移到一般病房。

天色已暗，馬場看了病房裡的時鐘一眼，時間是深夜兩點多，日期早已改變。手術至今似乎過了好一段時間，但不知是不是麻醉尚未消退，身體仍有些倦怠。

話說回來，真虧自己能撿回一條命。由於職業關係，馬場早已習慣受傷，但這回他還以為自己必死無疑。

我的命真硬——他如此自嘲。

這時候，房門突然打開。

一名身穿白衣的男人入內。在這種時間，有什麼事嗎？馬場感到不可思議，然而細看來者的臉，才發覺對方並非醫生。

「……一把年紀了還玩角色扮演，也太丟臉。」

馬場對著白衣人影說道。

男人鎖上門，走向馬場。

「這不是角色扮演，是變裝。變裝！」

白衣人影的真面目是打扮成醫生的正鷹。

「還有，哪裡丟臉了？蠢蛋，我還很年輕咧！」正鷹嘀嘀咕咕地發牢騷。「講這種沒禮貌的話，虧我特地來看你。」

「那套衣服是從哪裡弄來的？」

馬場打量正鷹的全身，啼笑皆非地嘆一口氣。正鷹的胸口別著名牌，不過上頭印的是陌生名字。

「我詢問櫃台的人，竟然跟我說還不能面會，所以我就偷偷跑進更衣室，從沒值班的醫生置物櫃裡借來這套衣服。我以前也住過這間醫院，對內部瞭若指掌。」

他居然幹這種事——馬場忍不住抱住腦袋。

「你瞧，挺有模有樣的吧？」正鷹攤開雙手，炫耀白衣。

「我才不想讓癌症末期的醫生替我看病。」

正鷹一笑置之，輕輕把手放到馬場頭上。「還能耍嘴皮子，應該不要緊吧。」

「託您的福。」

話說回來，這個男人還是一樣不按牌理出牌。沒想到他竟會冒充醫生來探望自己。

他的言行舉止總是令馬場驚訝不已。

「用不著偷偷溜進來，等到明天下午就行了呀？」

再過不久就能面會，到時即可光明正大地見面，他卻這麼性急。

聞言，正鷹調侃似地笑說：

「我是想早點來鼓勵垂頭喪氣的窩囊蠢徒弟啊。」

面對師父毫不客氣的言詞，馬場無言以對。

——窩囊？

他說得一點也沒錯。這個字眼用來形容現在的自己再貼切不過。

「瞧你傷成這副德行。」正鷹翹腳坐在床緣問：「發生了什麼事？」

馬場不能隱瞞師父，緩緩坐起上半身開口說道：

「我去找別所。」

馬場回溯記憶，緊咬嘴唇，娓娓道出相隔十三年重見別所之後發生的一切。

「……我想殺他，卻做不到。」

他殺不了別所。

當時——在馬場正要下手的瞬間，身體突然開始發抖，腦袋一片混亂，就像是中了定身術，動彈不得。

「我就只是杵在那兒。」

別所朝手握刀子呆立原地的馬場開槍，馬場及時回神閃避，子彈掠過肩膀。手槍裡只有一發子彈，之後他們便劇烈扭打起來，馬場的刀子被別所搶走。別所壓住馬場，揮落刀子。馬場扭身閃躲，卻沒能閃開，刀子刺入他的腹部。鮮血噴濺而出，馬場痛得說不出話。別所打算給他致命一擊——用殺了馬場父親的那把刀。

「我能夠活命，純粹是運氣好。」

在馬場即將被殺之際，碰巧有人阻饒。一個陌生男子突然出現，攻擊別所。這次是馬場走運。不過，雖然他得以逃離，後來的記憶卻模糊不清。他在意識朦朧的狀態下坐上車子，開車離去。

之後，身體越來越冰冷，馬場心底深處已經做好迎接死亡的準備。

於是，他在無意識間回到自己的事務所。

林拚命呼喚的模樣依稀留在腦海中。當時，馬場麻木地想著，或許林的臉龐會是自己最後的記憶。之後，馬場什麼也記不得，當他醒來時已經身在醫院，手術也結束了。

他還活著，幸運地撿回一條命，不過——

「我……」

馬場喃喃說道。

「……我贏不了那傢伙。」

馬場敗給別所，落荒而逃。這是讓他寧可一死的屈辱。

聞言——

「有什麼關係？反正你運氣好，保住小命。」

一直默默聆聽的正鷹開口說道。

「只要重新來過就好。」

「沒辦法。」

馬場立刻回答，正鷹皺起眉頭。

「為什麼？」

馬場緩緩地搖頭。

「因為別所已經……」

他無法重新來過，因為別所已經被殺了。

逃進車裡、離開公寓之際，馬場瞥見別所的身影。他被男人抱著，手腳像屍體一樣無力地垂落。見狀，馬場立即明白別所已經死在那個男人手上。

殺父仇人死了，報仇的對象已然不在人世。

「……我沒能幫爸爸報仇。」

馬場垂下頭。悔恨湧上心坎，他緊緊握住拳頭。

自己失手了。

他是為了殺死別所而成為殺手，這是他唯一的目的——然而，復仇以失敗告終，他錯失了僅有一次的機會。

十三年來的努力，全都白費。

現在，留在馬場心裡的只有失去目標的失落感和恨不得一死的悲慘。

「——欸，」正鷹再次開口：「你是真的想替你爸爸報仇嗎？」

他沒頭沒腦地在說什麼？面對這個突然的問題，馬場皺起眉頭。

「……這句話是什麼意思？」

「其實你是想替自己報仇吧？」

馬場不明白師父的言下之意。

「……我從來沒這麼想過。」馬場瞪著正鷹。「因為我們沒有血緣關係，所以您才這麼想嗎？」

「不是，是你本身的問題。」

替自己報仇——這麼一提，復仇專家次郎也常說報仇是為了自己。即使打著替死者報仇的名義，到頭來，其實只是為了平息自己的憤怒、讓自己釋懷而已。

就這層意義而言，或許這麼做也算是替自己報仇吧。

「就算到頭來還是為了自己，我是想慰藉爸爸的在天之靈——」

「就是這個。」正鷹打斷馬場，指著馬場的臉說：「這個想法本身就有問題。」

「……咦？」

正鷹一臉嚴肅地繼續說道：

「慰藉爸爸的在天之靈？別說傻話了。當爸爸的知道孩子變成殺人犯，反而無法安息吧。」

「這——」

這個道理馬場也明白。他也感到愧疚，所以在墳前向父親道歉了許多次。

「只要別所還活著，你就無法安穩度日，所以你想洗刷十三年前的屈辱，除去不安因素，對吧？」

這番話可不能聽過就算了。馬場不快地皺起眉頭反駁：

「您的意思是這十三年來，我一直活在別所的陰影之下嗎？」

「不是，正好相反。」

馬場更加不明白了。

面對歪頭納悶的馬場，正鷹深深嘆一口氣，似乎是對徒弟的駑鈍感到啼笑皆非。他望著馬場問道：「你要殺別所的時候，有什麼感覺？」

「突然問這個做什麼？」

「你別管，試著回想自己當時的感情。」

在師父的命令下，馬場回顧記憶。

當時，在公寓與別所對峙時——首先，身體開始發燙，像是點了火般熊熊燃燒。

接著，雙手開始發抖。不光是手，全身都在發抖。感情外溢，身體不聽控制。

「……我的腦子亂成一團，身體在發抖。」

「為什麼發抖？」

「因為——」

馬場閉上眼睛回想。

自己的身體在發抖。

並不是因為恐懼。

而是因為——興奮。

說來難以置信，當時的馬場興奮不已。面對別所，他鬥志高昂。

他全身上下都在為了終於能夠殺掉這個男人而歡喜。

「——你想殺他，對吧？」

被師父說中心思，馬場不禁倒抽一口氣。

正鷹說得沒錯。

當時他迫不及待，只想快點殺掉別所。

那一瞬間，連自己也不知道的凶殘本性與不祥的殺意支配馬場的腦袋。

那種感覺他至今仍記得一清二楚。

馬場想殺別所，想好好折磨他、摧殘他、凌虐他，玩弄他的生命，最後再送他上路。

就像十三年前的自己那樣，用球棒打斷這個男人全身上下的骨頭，將他活活打死——馬場的腦子裡甚至閃過這種危險的念頭。

面對別所，馬場的恨意高漲，一股強烈的殺人衝動驅使著他。

這種情形是頭一次發生。從事這一行以來，馬場從未有過想殺人的念頭。

因此，馬場大感困惑，甚至覺得自己不是自己。他有種感覺，若是解放這股衝動，或許自己會變成瘋狂的怪物。

當時並不是身體動彈不得，而是他刻意不動。理智在無意識間發揮作用，抑制衝動、拚命抵抗，不讓自己被偏激的感情吞沒。

所以，馬場才殺不了別所。

「……我不是劊子手。」

馬場口中吐出虛弱的輕喃。

——居然想殺人。

馬場不敢相信。這樣活像是精神不正常的殺人魔。即使只有一瞬間，他還是不願承認自己心中萌生這樣的念頭。

自己是殺手，不是劊子手。

他不識得那種感情。那不是自己的感情，一定是哪裡出錯。他希望是如此。

「你是劊子手。」

然而，正鷹輕易否定了。

「你總是把錯推到別人頭上，說殺人是工作、是委託，自己只是受人之託，不得不忠人之事；當殺手也是為了殺掉別所，以慰父親在天之靈。你找一堆理由，把心藏在不會受到任何人譴責的地方……欸，善治，不是這樣吧？你想殺人，所以才殺人。」

正鷹所說的字字句句都銳利地刺入馬場脆弱的心。馬場無言以對，只能沉默。

「殺手這個頭銜並不是免罪符。」

正鷹凝視著馬場說道。

「承認自己是劊子手吧，幹這一行就是這麼一回事。」

他深深嘆一口氣。

「所以那時候我才問你：『你已經做好覺悟了嗎？』」

馬場猛然醒悟過來，回想起那天的事。留在玄界島的最後一夜，正鷹曾如此詢問自己，而馬場未經深思便點頭。當時他根本不明白那句話的真正意義。

不光是那一夜。拜正鷹為師之前，正鷹也問過同樣的問題，要他思考自己有沒有殺人的覺悟。

馬場忽略了這句話的本質，把這份工作想得太簡單。自己究竟蠢到什麼地步？

馬場越來越慚愧，垂下肩膀。

「……哎，從前我沒有好好教你這個道理，我也有錯。」正鷹露出苦笑。「如果你有墮入地獄的覺悟，這次應該就能夠輕易殺掉別所。」

說著，正鷹從床緣起身。

「我不知道你以後打算怎麼做，不過，這個還是先還給你吧。」

正鷹遞了樣東西過來。

馬場還在疑惑那是什麼，原來是用布包著的日本刀和仁和加面具，是馬場在玄界島上的那一夜歸還正鷹的物品。

正鷹將東西擺在床上，露出淘氣的笑容說：

「你現在的首要之務是把傷養好，這陣子就乖乖待在這裡煩惱吧。」

因為師父的一番話而深受打擊的馬場不禁皺起眉頭。

——說什麼要來鼓勵我，根本只是讓我更加沮喪而已。

馬場知道這個男人不會說好聽話，也做好傷口被撒鹽的覺悟，但現在的感覺可不只是傷口撒鹽，根本是用泡了硫酸的紗布敷在全身傷口上。

「下次我穿護士服溜進來吧。」

馬場瞪了耍嘴皮子的正鷹一眼，喃喃說道：「您別再來了。」

九局上

隔天，林立刻帶著伴手禮前往醫院探病。

今天下午起，馬場即可面會。剛過中午的醫院裡擠滿人，林向櫃台詢問病房的位置，並照著指示前進。聽說病房是在東側別館的醫療大樓二樓。

馬場的病房是單人房。林站在門前，舉起手來正要敲門，卻又倏地停下動作。

他突然煩惱起來。

——該用什麼表情去見他？

昨天，林在手術室前聽重松說明了事情的前因後果，得知馬場從前的遭遇、成為殺手的理由，以及這回為了向別所報仇而引發的事件。

林知道馬場有多麼懊惱。從現況看來，他的復仇顯然沒有成功，一定很沮喪。這是理所當然的，林也經歷過同樣的事，能夠體會他的心情。

該對傷心的馬場說什麼才好？林不明白。

林想不出鼓勵的方法，只能在門前來回踱步。

不過，總不能一直耗在這裡，多想無益——林豁了出去，下定決心敲門。

「馬、馬場，打擾了。」

林的聲音微微上揚。

他猛然拉開滑軌式的拉門。

「呀，小林。」床上的馬場用一如平時的悠哉聲音向林打招呼。「歡迎。」

看見迎向自己的開朗笑容，林大為錯愕，愣在原地。

「……啊，嗯。」

此時，馬場突然露出凝重的表情。

「欸、欸，小林，我遇上一點麻煩。」

馬場坐起上半身，向林招手。

「怎麼了？」

林皺起眉頭，只見馬場指著病房裡的電視說：

「這個病房的電視不能收看客場比賽，看不到鷹獅大戰；主場比賽又只有無線電視台有播，實況轉播都是播到一半就結束，能不能替我換到有第四台的病房——好痛！」

林走到床邊，輕輕敲了比平時更加凌亂的鳥窩頭一下，馬場立刻哇哇大叫。

「幹啥呀你！我是傷患耶！」

「別挑三揀四的，馬蠢！」林也跟著大叫，完全忘記這裡是醫院。換什麼病房？也不想想自己已是住這麼奢侈的單人房。都住院了還滿腦子棒球，讓林啼笑皆非。這個男人著實是個棒球痴。

同時，馬場如此精神奕奕，也讓林稍微放下心。

「……真是的，害我白擔心。」

林傻眼地嘆了口氣。

「抱歉、抱歉。」

馬場抓了抓頭，露出靦腆的苦笑。

「別說這些了，你的傷勢怎麼樣？」

馬場穿著水藍色的病人服，隔著衣服摀住腹部回答：

「還好，好像沒刺中要害，醫生也說我很幸運，內臟受到的損傷不多；除此之外，還要感謝某人在救護車趕到之前做了妥善的應急處置。」

「那當然。也不想想是誰替你止血的？」

林用鼻子哼了一聲，與馬場相視而笑。

「手臂呢？不是中槍了嗎？」

「只是擦傷而已。」

「我怕醫院報警造成麻煩，就先拜託重松疏通。」

「不愧是小林，謝啦。」馬場開心地說道，接著又得意洋洋地報告：「血液檢查結果也沒有任何問題。」

「真的？沒說你明太子攝取過量嗎？」

「沒有。」馬場一臉不快地嘟起嘴巴。「我健康得很。」

「腦袋也去檢查看看吧。哎，棒球痴應該是治不好啦。」

「真沒禮貌。」

聽馬場的說法，他的身體方面似乎沒有問題，過一陣子傷勢應該就會痊癒。臉色看起來也不差——和倒地時那張血色全失的蒼白臉孔相比的話。

不過，問題在於精神方面。

林往床邊的小圓椅坐下來，與馬場正面相對。

「……欸，馬場。」林平靜地開口。他終究得提起這個避不開的話題。「打傷你的是別所暎太郎嗎？」

馬場頓時睜大眼睛，露出驚訝之色，彷彿在問林怎麼知道。

「重松把你的事告訴我了，包括那件慘案、你爸爸的事，還有這次的復仇。」

背著本人刨根究底，其實林也感到過意不去。雖然重松叮嚀他不要說出去，但他還是老實說出口。

「……是麼？」

馬場喃喃說道：

「那你大概也知道我很窩囊，報仇沒成功唄？」

馬場面露苦笑。這種自虐的口吻讓林的胸口一陣抽痛。

或許馬場並不希望別人提及這件事。或許他只是在強顏歡笑，其實暗自神傷。是不是不該繼續談這個話題——這樣的想法閃過腦海。

然而，林還是想確認，還是想知道真相。

「……你輸給別所？」

面對林直接了當的問題，馬場點了點頭。「可以這麼說。」

即使聽到本人親口承認，林依然無法相信。這個男人居然會敗在別人手下？

不過，如果這是事實，或許正如重松所言，這次馬場的狀態並不尋常。因為某種理由，馬場殺不了別所，反而遭別所反擊，身負重傷，演變成現在的狀況。

林不知道別所目前的行蹤。根據榎田的情報，Murder Inc. 的刺客也在追殺別所，或許別所會潛逃出境，搞不好現在已經不在這座城市。一旦被他逃走，馬場要報殺父之仇就變得難上加難。

不過，還有其他方法可以報仇。

「——別所有個弟弟。」

林筆直地凝視著馬場說道。

「……咦？」馬場皺起眉頭。「啥？」

「復仇專家接到迷魂大盜案的被害人委託，在次郎的拜託下，我和小百合合力抓住犯人。那個犯人是別所的弟弟，名字叫做別所航生，現在被我關在飯店客房裡。」

「哦？」馬場輕聲叫道。他的語調不像是驚訝，倒像是覺得有趣。「居然有這麼巧的事。」

十三年前，馬場的至親被殺了。

現在林掌握了凶手弟弟的生殺大權。這或許是命運的安排吧。

對別所而言，弟弟是唯一的親人，殺了他弟弟，可以讓別所嘗到同樣的痛苦，換句話說，可以達到報仇的效果；也可以拿弟弟當誘餌，引別所出面。

「我本來是打算把人交給復仇專家，不過，如果你想殺掉他弟弟——」

「不，不用。」

然而，馬場打斷林的話，拒絕他的提議。

「別所已經不在了，這麼做沒有意義。」

——別所已經不在了？

林歪頭納悶。「不在了？什麼意思？」

「別所刺傷我以後，被另一個男人殺掉了。」馬場回答：「好像還有其他人盯上別所。」

林聞言立刻明白了。盯上別所的男人——鐵定是那傢伙，以前也曾追殺齊藤的Murder Inc. 刺客，錯不了。

馬場似乎充分領略林的用意，瞇起眼睛說道：

「謝謝你，小林。你的好意我心領了。」

看著馬場的眼神，林察覺到——馬場已經放棄報仇。

既然如此，就不該再多說什麼，現在已經沒有自己能為這個男人出力的地方。

林點了點頭說：「我知道了。」這個話題到此結束，從此以後他不會再提起。

沉默持續著。

正當林因為感傷的氣氛而感到渾身不自在時，突然傳來敲門聲，似乎有人來訪。得救了——林暗自鬆一口氣。

馬場回應：「請進。」房門隨即猛然開啟。

「嗨，馬場，情況如何？」
「怎麼，林也來啦？」
現身的是重松和源造，似乎是來探病。
「抱歉，馬場，你的身子應該還在痛唄？」源造滿臉歉意地說道：「我本來是想過幾天再來。」
「不要緊，別放在心上。」馬場笑道：「我閒得發慌，有人來比較開心。」
「你看起來比我想像的更有精神，太好了。」
源造說道，同樣一臉開心。
「馬場。」另一方面，重松卻是微帶怒意。看他的表情就明白。「以後別再做這種事。」
最擔心馬場的人或許是重松。他一定不斷責備自己，認為是自己導致這樣的局面。
「重松大哥，對不起。」馬場垂下眉毛。「……已經結束了，別擔心。」
重松聳了聳肩，嘆一口氣，表情稍微緩和下來。
「呀，對了、對了。」源造插嘴說道：「我買了這個過來。」
他手上提著綜合水果籃。
「說到探病，當然少不了這個。」

「謝謝，大家一起吃唄。」馬場立刻提議。「小林，幫我削蘋果。」

聽到馬場的要求，林皺起眉頭。

「啊？為什麼是我？再說……你可以隨便吃東西嗎？」

「不知道。」

「這怎麼行？」重松說道：「問問護士吧。」

「別的先不說，要怎麼削皮啊？又沒有水果刀。」

「傷腦筋，怎麼辦？」

「啊，」林靈機一動，從懷中拿出了匕首刀。「我有這個。」

「別用殺過人的刀子削水果！」重松連忙叫道。

多虧重松與源造兩人到來，病房裡變得熱鬧許多。林望著有說有笑的男人們，鬆一口氣露出笑容。

閒聊了約一小時後，林等人決定告辭。就算是再怎麼知心的朋友，總不好讓傷患長時間陪伴訪客。

「拜拜，馬場。」林一面打開房門，一面說道：「你需要什麼東西再跟我說，我從事務所帶來給你。」

「球棒。」

「不行。」

林一口拒絕，馬場嘟起嘴巴。

「那就棒球和手套。」

「不行。」

不能給這個男人球具。

「在你的傷勢痊癒之前，禁止揮棒和扔球。給我安分一點。」

「就是說啊。」重松也點頭：「要是傷口裂開該怎麼辦？在傷勢痊癒之前，暫時戒掉棒球吧。」

「……是～」馬場不情不願地回答，在床上揮了揮手。「謝謝大家。」

之後，三人一起離開了病房。

「哎，該怎麼說呢？太好了。」林走在醫院的走廊上，開口說道：「沒想到他還挺有精神的。」

「嗯，是啊。」重松也表示贊同。

「我剛來的時候，他還跟我抱怨房裡的電視不能看棒球比賽，要我替他換病房。」

林的話語引起一陣小小的笑聲。

「很有那小子的風格呀，真是的。」

「那小子的棒球痴就算住院也治不好啦。」

看見馬場神采奕奕的模樣，重松和源造似乎也鬆一口氣。大家雖然常常挖苦他，其實還是很愛他的。

源造提議三人一起去吃飯，他請客，林和重松都舉雙手贊成。

「啊！」

才剛走出建築物，林便像是突然想到什麼似地停下腳步。

「怎麼？」重松窺探他的臉龐：「發生什麼事嗎？」

「……我忘記把明太子交給他。」

聞言，兩人歪頭納悶。

「我帶來當伴手禮，反正還剩很多。」

可是林忘記交給馬場，明太子現在還在他的包包裡。

「我拿去給他，你們先走吧。」

林轉過身說道。

就算把明太子交給馬場，入院中的他也不見得能吃，但林還是想交給他。說到能讓他開心的東西，林只想得到這一樣。

說不定馬場看見明太子，傷勢會好得比較快——林如此胡思亂想，暗自竊笑。不過，依那個男人平時的德行，確實不無可能。

林循著原路折返醫院，跑上別館二樓，朝著馬場的單人房前進。

然而，林沒能踏入病房。

當他朝著房門伸出手時，和剛才一樣停下動作。

『……混帳。』

房裡傳來馬場的聲音。

隔著門也聽得出來，馬場在哭。

「——」

林忍不住縮回手。

不能出聲，不能製造出任何聲響——不能打擾馬場。林屏氣歛聲，以免被馬場察覺自己在場。

馬場又喃喃罵一次「混帳」，接著傳來吸鼻子的聲音。他果然在哭。

林不敢相信馬場居然會哭。平時總是悠悠哉哉、不慍不火的馬場，竟然會發出如此痛切的聲音。

林不知該如何是好，杵在原地。

眼眶突然開始發熱。

一年前的記憶閃過腦海。

那時候，林為了替妹妹報仇，闖進雇主的事務所，卻反而栽在雇主手上。失去妹妹又被組織欺騙，卻毫無反擊之力，這樣的自己實在太過悲慘、落魄又窩囊，令他不禁流下懊惱與痛苦的淚水。

現在的馬場想必也一樣，和報仇失敗時的自己一樣，為了自己的窩囊而懊悔。

——他哪裡有精神了？

林皺起眉頭，心想自己真是蠢得可以。

到底在胡說什麼？馬場怎麼可能有精神？那傢伙只是故作堅強而已，自己居然連這一點都沒看出來。

兩人一起生活，林自以為了解馬場，一味認定他並非軟弱的男人，卻忽略了任何人都有軟弱的一面。

林感到後悔不已。不該在馬場面前提起別所的名字，也不該提起報仇的話題。自己那些不識相的話語，鐵定傷透馬場的心。

——我是個不及格的搭檔。

林反省自己的疏失，握緊拳頭。

他突然想起那時候的事。

一年前的自己，在馬場與豚骨拉麵團隊友的鼎力相助下，成功替妹妹報仇。

——可是，現在的馬場呢？

馬場的殺父仇人已經不在人世，他再也無法報仇。馬場永遠得抱著今天的悔恨活下去。

林想不出任何話語來安慰這樣的馬場。

現在，林只想讓馬場一個人靜一靜，而他也該這麼做。這是林現在唯一能為馬場做的事。

——我什麼也沒看見，什麼也沒聽見。

林這麼告訴自己，靜靜地轉過身背對病房。幫不上忙的自己，實在太窩囊了。

九局下

林、重松和源造三人回去以後，病房倏地安靜下來，馬場獨自在空空蕩蕩的單人房裡沉思。

他忍不住回想起昨晚的事。

──你總是把錯推到別人頭上，說殺人是工作、是委託，自己只是受人之託，不得不忠人之事。

──當殺手也是為了殺掉別所，以慰父親在天之靈。你找一堆理由，把心藏在不會受到任何人譴責的地方。

正鷹的一番話縈繞於腦海中，揮之不去。

──欸，善治，不是這樣吧？

──承認自己是劊子手吧，幹這一行就是這麼一回事。

雖然馬場不願承認，但正鷹說得沒錯。

自己一直把殺手這個頭銜當成免罪符。

打從成為殺手的那一天起，他總是對自己說：其實我不想殺人，這是受人之託、這是工作，只是出於無奈才從事這一行。對於這份工作，自己既沒有成就感，也沒有榮耀感——藉由劃下這樣的界線，獲取他人的諒解，擺脫罪惡感。

雖然我殺人，但我是個好人——馬場心中一直是這麼想。他不敢承認自己是犯罪者，因此當他與別所對峙，察覺盤據心中的殺意與殺人衝動時，他大感困惑。

到頭來，其實自己根本沒有做好覺悟——成為惡人，墮入地獄的覺悟。他抱著僥倖的心態過了十三年。

「這些年來，我到底在做啥……」

馬場喃喃自語，垂下頭來。

真愚蠢，連這種道理都不明白，自己這些年來到底在做什麼？難怪正鷹傻眼。

他以為殺手和劊子手不同，正鷹卻說是一樣的，只有意識之別，其實是一丘之貉。

正鷹帶來的日本刀與仁和加面具，和行李一起收在病房衣櫃裡。正鷹專程來到病房歸還這些物品，大概是要馬場趁著住院期間重新思考今後的去路。對於馬場而言，這是不能逃避的問題。

接下來該怎麼做才好？

馬場原本打算報了仇以後金盆洗手，結果卻失敗了。該繼續當殺手嗎？他不認為失去人生目標、宛如行屍走肉的自己，能夠承擔仁和加武士的大任。那麼，要金盆洗手嗎？就算退休也一樣，他能夠懷著這種悲慘的心情度過餘生嗎？

馬場瞥了衣櫃一眼，暗想：「與其醜態畢露地活下去，不如用那把日本刀切腹自殺算了。」這麼做，多少也可以償還自己殺人如麻的罪孽吧——連這種自暴自棄的念頭都冒出來了。

馬場感到疲憊萬分。現在他不想再思考任何事，無論是過去的事或是今後的事，只想稍微休息一下。

馬場在床上躺下來，打算睡個覺，卻被打擾了。一陣敲門聲響起，他只好回應。時間剛過下午三點，他原本以為是醫師或護理師來巡房，但並非如此。

「嗨～」

門開了，一顆花俏的腦袋探進來。是榎田。

榎田是來探病的嗎？老實說，現在馬場不想和任何人說話，但無可奈何，只能強顏歡笑地坐起上半身。

「今天訪客真多呀。」

「啊，大家都來過了嗎？」

說著，榎田環顧病房，發現源造等人帶來的水果之後笑道：「我雙手空空地就來了，抱歉。」

「用不著破費。謝謝你來探望我。」

不需要伴手禮，有這份心就夠了。雖然馬場現在只想獨自靜一靜，但還是很感謝大家的關懷。

「不過，我帶了情報過來。」

榎田得意洋洋地微笑，馬場歪頭納悶。他在說什麼？馬場不記得自己曾經委託他工作。

「……情報？」

「別所暎太郎還活著。」

聞言，馬場瞪大眼睛。

馬場大吃一驚。為何榎田知道別所的事？是聽別人說的？還是自己查到的？他知道多少？想問的問題多不勝數，但現在這些都不是重點。

比起這些問題──

「……你說的是真的？」

馬場只想知道這件事。

——別所還活著，原以為已經死去的殺父仇人還活著。

究竟是怎麼回事？馬場皺起眉頭。

「抱歉。」榎田聳了聳肩。「打探親朋好友的私事不符合我的主義，不過這次狀況比較特殊。」

榎田往圓椅坐下來，繼續說道：

「你和別所見面時，是不是有個男人跑來？長得有點凶惡的東南亞裔外國人。」

沒錯。馬場點了點頭。

馬場險些被殺時，有個男人突然闖入。馬場沒看見對方的臉，不知道他是不是外國人，不過榎田所說的八成就是那個男人。

「老實說，告訴那個男人別所在哪裡的就是我。」

「……咦？」馬場越發一頭霧水，眉頭也皺得更緊。「啥意思？」

「那個男人是我的客戶之一，委託我調查別所的下落。」榎田簡潔地說明：「經過我多方調查以後，得知馬場大哥和別所的恩怨，所以我猜想馬場大哥會去找別所，就透過手機追蹤你的位置。」

榎田把馬場手機的所在位置告知委託人，因此那個男人才會來到公寓。

「……原來是這麼一回事。」

「結果妨礙了馬場大哥報仇，我覺得很抱歉。」

榎田難得如此低聲下氣。

「不。」馬場搖了搖頭。「要是那個男人沒來，我就死在別所手上了。」

榎田並沒有妨礙馬場，反倒是間接救了馬場的性命。

總之，馬場已經明白事情的來龍去脈。不過，他想知道的不是這部分。馬場拉回話題問道：

「那你說別所還活著，又是怎麼回事？」

「我會從頭說明。」

馬場點了點頭，聆聽榎田的話語。

「別所原本是 Murder Inc. 的員工。」

打從剛才開始，榎田的情報便讓馬場驚訝連連。他完全不知情，原來那個男人竟是殺人承包公司的殺手？

「聽說他很有本事，是個優秀的員工，卻在十三年前突然離開公司，消聲匿跡，過了一陣子，他犯下強盜殺人案被捕。就是那件案子。」

馬場對於那件案子再清楚不過。別所闖進馬場家中，殺死他的父親。

然後，別所遭到逮捕，坐了十三年的牢。

「直到別所即將出獄，公司才採取行動。Murder Inc. 派那個東南亞裔員工前來福岡追殺別所，就和齊藤老弟那時候的情況一樣。」

榎田繼續說道：

「可是，站在 Murder Inc. 的立場，還有許多事必須向別所問個清楚，比如他為什麼背叛公司、有沒有洩漏公司情報之類的，所以一時之間應該還不會殺死別所。我猜他現在八成正在接受拷問。」

「這麼說來——」別所還沒死。換句話說，自己仍有機會報仇。「……我還可以殺了他？」

「沒錯。」

榎田的情報向來正確，沒有懷疑的餘地。

自己可以殺掉別所，替父親報仇。

馬場緊握拳頭。他的脈搏加速，冰冷的身體逐漸發熱。當時感受到的興奮與殺意在心中再次湧起。

「九局下，兩出局。」

說著，榎田站起來，從水果籃裡拿起一顆鮮紅色的蘋果。

「馬場大哥。」榎田露齒而笑。「比賽還沒結束呢。」

榎田把蘋果扔給馬場。

紅色的球朝自己飛來，控球相當精準，馬場用左手接住了蘋果。

「接下來是最後的打席。」

馬場微微地點頭。

這是生涯最後的打席。既然如此，該做的事只有一件。

全力揮棒，不留遺憾。

「我就來一發……」馬場咬一口紅蘋果，露出潔白的牙齒笑道：「逆轉再見全壘打吧！」

延長賽十局上

別所的弟弟依然被綁在商務飯店的椅子上。

林來到客房時，他似乎已經相當衰弱，不再掙扎，看來身心都十分疲憊。接受拷問之後，又不吃不喝地被關了兩天，難怪他變成這副模樣。剪裁合身的西裝變得皺巴巴，留有瘀青的臉上冒出鬍渣，與在派對上追求小百合時判若兩人。

待林撕下膠帶以後，別所航生立刻開口：

「……欸，你打算把我怎麼樣？一直關在這裡嗎？」

他的聲音虛弱又嘶啞，看來消耗甚鉅。

不過現在不是說這個的時候。林沒有回答問題，而是逕自說出來意。

「你哥死了。」

聞言，航生瞪大眼睛。「……啊？」

「別所暎太郎被殺了。」

林再度告知事實。

「你、你在說什麼？」弟弟顯露動搖之色。「怎麼可能？少胡說八道！」

想當然耳，航生不相信哥哥已死。

「我只是把事實告訴你。」相較之下，林的口吻十分冷淡。「哎，反正你之後也會收到消息吧。」

見到林的表情，航生似乎明白他沒有說謊，不禁臉色大變。

「……是真的？」

航生戰戰兢兢地問道，林點了點頭。

「嗯，是真的。我的朋友看到你哥被人攻擊。那個人殺死你哥以後，好像把他運到其他地方去。」

「怎麼會……是誰把我哥給……」

「大概是以前的同事吧。他們早就在追殺別所。」

聞言——

「……原來是 Murder Inc. 的人。」

航生恨恨地說道。

「怎麼，原來你知道？」

林沒料到別所居然連自己從事的行業都坦白對弟弟說了。

航生點了點頭。

「我去監獄面會的時候，哥哥告訴我的，說他可能會被公司的人殺掉。」

「這是那間公司的慣用手法。」

面對哥哥突如其來的惡耗，航生難掩震驚之色，雙眼無神地喃喃問道：

「那我哥現在人在哪裡……？」

「不曉得。」

這林可就不知道了。搞不好已經被燒得只剩骨頭，扔進博多灣裡，又或是交給佐伯那種屍體處理業者處理掉了。

「我可以替你調查，相對地，你要回答我的問題。」林望著對方的眼睛問道：「告訴我，為什麼別所要幹這種會被 Murder Inc. 追殺的事？」

林想知道別所究竟發生什麼事，又和十三年前的案子有何關聯。

「哥哥他……」

航生失魂落魄地娓娓道來。

「哥哥是為了我才去當殺手。我們沒有父母……他為了扶養我，只好自己想辦法賺錢……」

為了弟弟、為了家人，淪落為劊子手——林對此有切身之痛，心中五味雜陳。

「哥哥想讓我上大學，他說希望我走正路，不要像他一樣，所以需要更多錢……可是，他卻逃離那家公司。」

這著實令人費解。為什麼？林歪頭納悶。

「他需要錢卻離職了？」

「他說他接到一個大案子。詳情沒說，只說完成那份工作就可以賺到一大筆錢。」

大案子──別所是找到新雇主嗎？讓他寧可冒著被刺客追殺的風險背棄Murder Inc.，應該是一份很有賺頭的工作吧。

「所以他賺到那筆錢了嗎？」

「……沒有。」航生搖頭。「在那之前，哥哥就被捕了。」

「原來如此。」

林喃喃說道。這就是和馬場家慘案之間的關聯啊。雖然還很模糊，但是林已逐漸窺見事情的全貌。

「我知道，就是十三年前的強盜殺人案吧？」

不過，還有一點令人費解。

「你哥為什麼要犯下那起案子？」

「我也不明白，所以面會的時候我問過他為何那麼做。」航生繼續說道：「……哥哥跟我說，殺掉那家人也是工作的一部分。」

——工作的一部分？

「喂！」林探出身子。「是真的嗎？」

倘若這句話是事實，情況可就大不相同。

——風險和報酬未免太不成比例。要是我當強盜，肯定會挑看起來更富裕的家庭。

榎田也這麼說過，他認為別所闖進馬場家不像是為了奪取財物。

「……果然不是為了財物而犯案。」

別所去馬場家並不是為了搶錢，也不是因為和馬場的父親有仇。

「嗯，沒錯。哥哥的目標打從一開始就是那家人。」

殺害馬場和他的父親，才是別所的真正目的。別所為了隱瞞委託人的存在，在警方偵訊時謊稱是為了搶奪財物。

「殺死那家人就可以獲得高額酬勞。可是哥哥被捕，漏殺了一個，錢也沒拿到。」

漏殺了一個——指的是馬場。

「所以出獄以後，要先把沒完成的工作解決……哥哥是這麼說的。事隔十三年，這段期間，委託人早已斷了音訊，就算完成任務，八成也拿不到酬勞。不過，哥哥希望能夠有始有終，大概是殺手的尊嚴不容許他半途而廢吧……」

沒完成的工作——換句話說，就是殺掉慘案的倖存者馬場。

馬場想殺別所，別所也想殺馬場。兩人對峙，馬場敗陣，身負重傷，而別所也被Murder Inc. 的刺客所殺。

到頭來，雙方都未能達成目的。

「……我會歸還偷來的錢。」

航生突然說出這句話。

「你是哪根筋不對勁？」

航生冷笑回答：

「為了因應哥哥出獄以後所需，我把偷來的錢都存起來，本來想說這次輪到我來養哥哥……可是現在已經用不著了，所以把錢都還給被害人吧。」

航生如此訴說，看來不像是為了逃離被凌虐的恐懼與被監禁的痛苦而撒謊。

「其他東西你打算怎麼辦？」

航生從女人身上偷來的不只有錢，還有戒指、項鍊、手錶，這些東西都得歸還。

面對林的問題，航生回答：「其他東西我賣給專收贓物的業者。對方很謹慎，不會立刻轉賣商品，通常隔個一年東西才會流到市面上。我賣掉的東西現在應該還在業者手上，我會全部買回來。」

接著，航生凝視著林說：

「相對地，你可以幫我一個忙嗎？」

「什麼忙？」

「讓我見哥哥最後一面。我想親手弔祭他。」

他願意賠償受害人，但是希望林替他尋找哥哥的屍體。

雖然林沒有義務幫他做這件事——

「好吧。」

不過，林答應了。

那個男人是為了家人而踏上歧途，最後送他回到家人身邊，應該不會遭天譴。

只要拜託榎田，很快就能查到屍體的下落。

「我會想辦法找到你哥哥。」

「拜託你。」航生低下頭。

對於這個男人而言，哥哥是重要無比的存在。珍視的事物被奪走的心痛，他應該已經充分體會，用不著復仇專家出馬報仇了。林替航生的手腳鬆綁。

林在紙條上寫下電話號碼，遞給航生。

「你準備好以後，打這個號碼聯絡我。帶著你向女人偷來的所有東西到指定地點，交換你哥的屍體。」

航生點了點頭。「嗯，知道了。」

「要是你敢逃走，下次我不會再手下留情。我們的情報販子很厲害，不管你在哪裡，都一定會把你找出來。」

「我不會逃走，會確實遵守約定。」

雖然只是沒有保障的口頭承諾，但是林願意相信這個男人應該不會毀約。林明白那種以家人為重的心情。

話已經說完，林下令：「快走吧。」

航生站起來，離開房間。或許是因為長時間被綁著，他的步履有點蹣跚。

雖然次郎把這個工作交給林全權處理，但他未經雇主許可便擅自放走目標，必須向次郎報告才行。林在空無一人的房間裡嘆一口氣。

就在這時候，林的手機響了。

是醫院打來的。

有什麼事嗎？林納悶地按下通話鍵。

「啊，喂……什麼？」聽聞話筒彼端傳來的話語，林一臉錯愕。「──啊？馬場逃走了？」

「嗯，知道了，包在我身上。拜拜。」

次郎掛斷電話，繼續工作。

位於中洲一丁目的住商混合大樓——次郎的店就在二樓的盡頭。那是一間小巧整潔的酒吧，現在還在開店準備中，沒有客人，美紗紀正坐在吧檯前寫學校的數學習題。

正當次郎擦拭利口杯時，美紗紀問道：

「誰打來的？」

「林。」次郎回答，手並未停下來。「就是那個迷魂大盜案的事。之前不是拜託他幫忙嗎？犯人好像答應歸還所有偷走的東西。」

「哦？那很好啊。」

美紗紀邊解題邊面無表情地說道，好像興趣缺缺。

過一會兒，美紗紀從筆記本裡抬起頭來。

「……欸，次郎。」

「幹嘛？」

「小善不要緊吧？」

她口中的小善，指的是次郎的朋友馬場善治，同時也是次郎所屬的業餘棒球隊的隊長。

「他受傷了，對吧？」

馬場被救護車送往醫院的消息，轉眼間就在豚骨拉麵團隊員之間傳開，想當然耳，次郎他們也耳聞了。雖然馬場是個身強體健的男人，但是收到他重傷昏迷的消息時，饒是次郎也不禁膽顫心驚。

美紗紀很喜歡馬場，想必非常擔心他的狀況。當然，次郎也很擔心，這一點其他隊友也一樣。

「聽說他的肚子和手臂受傷。」次郎以開朗的聲音回答，好讓美紗紀安心。「不過，已經沒事了。去探病的源伯說他出奇地有精神呢。」

次郎也聽聞林、重松與源造三人去探望馬場的事。據他們所言，馬場的身體狀況沒有問題——前提是他肯好好療養的話。

「我也想去探望小善。」

「……嗯，是啊。」次郎一臉為難地點頭。「等馬場的傷好一點以後，我們再去探望他吧。才剛動完手術，他還很虛弱，和太多人見面會累著他。」

聽次郎這麼說，美紗紀乖乖地點頭。「嗯。」

下一瞬間，門上的鈴鐺叮噹作響。

門開了，有人走進店裡。

是平時叫貨的酒店嗎？一瞬間，次郎如此暗想，但應該不是，今天他沒叫貨。

「對不起，還在準備中——」

次郎對進門的客人說道——同時，他愣了一愣。

「馬——」眼前是熟識的男人。「馬場？」

說曹操，曹操就到。

馬場就站在店門口。

「小善！」

美紗紀奔上前去抱住馬場，看起來很開心。

「嗨，美紗紀。」

突然撲上來的嬌小身軀似乎刺激到傷口，只見馬場皺起眉頭喊痛，面露苦笑。

不過，現在不是笑的時候。

「哎呀！你跑來這裡做什麼？」

該在醫院病床上好好躺著休養的馬場，居然生龍活虎地四處亂跑。不，怎麼可能生龍活虎呢？一看就知道他是硬撐的。

面對愣在原地的次郎，馬場瞇起眼睛說：

「我有事想拜託你。」

延長賽十局下

「話說回來，真是嚇我一跳。」次郎在吧檯嘆一口氣。「我以為你還在住院。」

「今天出院了。」

這個謊撒得真爛——連馬場自己都不禁暗笑。

受了那麼重的傷，豈能在手術隔天立刻出院？他是偷溜出來的，現在醫院八成已經亂成一團。

和榎田談過之後，馬場穿著病人服離開醫院，在路上隨便買了套衣服換上、坐上計程車，好不容易才來到這裡。

「小善。」坐在身旁的美紗紀一臉擔心地凝視他。「你的傷不要緊吧？」

「不要緊。」

馬場微微一笑。

老實說，傷勢很要緊。每次一動，腹部的傷口便會產生劇痛，連走路都很吃力；呼吸急促，額頭上已經開始冒冷汗。

「來。」次郎放了個杯子在吧檯上。「請用。」

現在可不能給你喝酒——次郎笑道。

「謝謝。」馬場道謝喝了一口。杯子裡裝的是烏龍茶，苦味在舌頭上擴散開來。

「你要拜託我什麼事？」

聽次郎詢問，馬場立刻切入正題。他拖著身子專程前來拜訪次郎是有理由的。

「我是來委託復仇專家。」馬場向次郎說出來意。「我要你幫我報仇。」

次郎微微歪頭。「報仇？什麼意思？」

馬場喝光了烏龍茶，繼續說道：

「刺傷我的就是殺死我父親的男人，名叫別所暎太郎，聽說他本來是 Murder Inc. 的員工。」

馬場皺起眉頭，把手放到腹部上。

「我想向他報仇，結果失敗了，變成這副德行。」

倘若榎田的情報正確，別所現在被 Murder Inc. 的刺客囚禁，被殺只是時間問題，事態迫在眉睫。

「榎田正在幫我調查那個男人的下落，應該馬上就會過來。」

不過，縱使查出別所的下落，現在馬場什麼也做不到。莫說戰鬥，他連走路都很吃力，光靠他自己的力量，不可能從 Murder Inc. 的員工手上搶回別所。

所以，馬場決定向復仇專家求助。

「希望你能幫我的忙。」

聞言，身旁的美紗紀高聲說道：

「我也想幫小善的忙。」

「謝謝妳，美紗紀。」馬場把手放在她小小的腦袋上，面露苦笑。「不過，要先得到妳爸爸的同意才——」

此時，他的視野突然搖晃起來。

一陣暈眩感侵襲，馬場不禁皺起眉頭。

「……咦？」

全身的力氣逐漸流失。

到底是怎麼回事？馬場瞪大眼睛。

「怎、麼……」

身體不太對勁。

視野開始模糊，一股強烈的睡意襲來，眼皮變得越來越重。

「……對不起，馬場。」

馬場抗拒不了睡意，趴在吧檯上，耳邊傳來次郎充滿歉意的聲音。

「老實說，林拜託我，如果你來了，就把你抓起來。」

馬場這才明白自己被下了安眠藥。

他的視線轉向手邊的杯子。

——難道是在烏龍茶裡……？

上當了——馬場皺起眉頭。

「其實我也很想幫你……不過，你傷成這樣，行不通的。瞧，傷口都裂開了。現在你還是好好在醫院休息，專心養傷吧——」

馬場的意識在這裡中斷。

馬場醒來時，人已經在醫院裡，正躺在病床上。

對了，他想起來了。他去次郎的店，被下了安眠藥。腦袋依然迷迷糊糊的。好不容易才溜出去，又回到病房裡。一股焦慮感湧上來，馬場不禁咂一下舌頭。

此時——

「——你到底在想什麼！」

頭頂上傳來怒吼。

「都是因為你到處亂跑，害醫生又要重新替你縫合傷口。」

林和重松就站在床邊，從表情可以看出兩人都在生氣。

這是當然，誰教自己偷偷消失呢？而且是在必須靜養的狀態下。他們為了尋找自己，鐵定跑遍了大街小巷。害得他們操心，也給他們添了麻煩，不過馬場絲毫不覺得自己有錯。

傷腦筋的是，他的雙手被手銬銬在床上，無法動彈。馬場瞪著兩人說：

「就算是這樣，也不用這麼誇張唄。」

「你活該。要是又讓你逃跑，我們可就頭大。」

馬場忿忿不平地說道，林嘆了口氣。

「能不能替我叫醫生過來？」馬場用鼻子哼了一聲諷刺道：「我的手腕被手銬磨破皮，痛得很，要請醫生替我敷藥。」

「喂，馬場。」重松開口，「你知道自己幹了什麼嗎？」

面對難得粗聲厲語的重松，馬場低聲回答：「我知道。」

他當然知道。他只是想達成目的而已，沒道理被阻撓。

「次郎說你拜託他幫你報仇，是真的嗎？」林插嘴說道：「這是怎麼回事？別所不是被 Murder Inc. 的人做掉了嗎？」

「他好像還活著，但要不了多久就會被殺。」馬場握緊拳頭，喃喃說道：「這次我一定要親手殺了他才行。」

聞言，重松大吃一驚。

「你在說什麼？你的身體都變成這樣，要怎麼跟他打？」

「殺個人還不成問題。」說著，馬場把視線移向手銬。「快把這個打開。」

「不行。」重松立刻否決。

身旁的林嘆一口氣。「你也該懂事點了吧？大家是不希望你死。」

傷口剛縫好，還沒癒合，要是逞強，可能有生命危險，必須好好休養。馬場並不是不明白兩人所說的話，若是立場相反，他也會做出同樣的事。

不過——

「這是我的問題，別妨礙我。」

若是不快點找到別所，別所會被其他人殺掉。他不能在這裡悠悠哉哉地休息。

「話不能這麼說。」重松反駁。

馬場瞪著重松說：「不管任何人說啥，我都要去殺了別所。」

「我不會讓你去的。」重松也不讓步。「拜託你，愛惜自己的身體。」

「乖乖睡覺吧！」

說完，兩人便離開醫院。

門關上了，馬場忍不住咒罵：「混帳。」

「……那小子真讓人傷腦筋啊。雖然不是今天才知道。」

一走出病房，身旁的重松便嘆一口氣。

「就是說啊。」林也點了點頭。「沒想到他傷得那麼重還能溜出醫院。」

雖說打了止痛劑，但馬場應該光是走路就痛得很厲害，在這種狀態下居然還能四處亂跑。站在院方的角度或許是個大麻煩，不過林倒是不禁佩服。

「話說回來，該怎麼辦？」林仰望重松的臉龐。「依那傢伙的個性，鐵定還沒死心。」

林回想起剛才馬場的表情。他的眼神是認真的，可以感受到他非報仇不可的強烈意志。只要能夠達成目的，自己的身體、自己的性命都無關緊要。他現在一定正在病床上思索如何溜出醫院。

「嗯，我知道。」重松也點頭。「所以我把部下叫來了，他們不久後就會趕到。我會派他們輪班監視馬場，以防他逃走。」

「抱歉，害你做這種浪費稅金的事。」

「不要緊，沒用到稅金。」重松面露苦笑。「我僱用沒當班的人，打工費是我自掏腰包付的。我答應他們想買什麼就買什麼。」

馬場現在被銬在床上，病房在二樓，就算解開手銬，也無法從窗戶離開；門前有重松的部下二十四小時輪班看守，防範如此嚴密，應該不用擔心他逃脫。

不過，有一點倒是讓林感到疑惑。

之前來探病的時候，馬場一副萬念俱灰的樣子，宛若被拔掉牙齒的野獸。現在卻不然，馬場雙眼燃燒著復仇之火。

這全是因為馬場得知別所尚在人世。窩在病房裡的馬場無從知曉這件事，換句話說，一定有人通風報信。

「到底是誰跟他打小報告——」

一思及此，林馬上聯想到某個人。會做這種事的只有那個男人。

林立刻撥打電話。

位於中洲的酒吧「Babylon」是隊友經營的店。雖然現在尚未開店，老闆卻大方地讓自己進門。

「哎呀，榎田，歡迎光臨。」

「嗨，馬場大哥來了嗎？」踏入店裡的榎田坐上吧檯座位，開口問道：「我們約好在這間店碰面。」

聞言——

「對不起。」

次郎露出充滿歉意的表情。

「馬場確實來過，不過我把他送回醫院了。」

原來如此，榎田大概知道是怎麼回事。他聳了聳肩，心想自己選錯見面地點。

「林老弟向你疏通過啦？」

榎田在病房告知別所沒死的消息後，馬場便說要請復仇專家相助。他認為次郎應該會幫忙。

然而，他似乎打錯算盤。

「馬場來之前，我正好接到林的電話，說馬場從醫院逃走了，要我看到就把他抓起來。如果可以，我也想幫馬場報仇，可是他現在必須靜養，對吧？再說，看到馬場那副模樣……」

馬場的衣服都滲出血了，大概是傷口在走動時裂開吧。

「要我帶著那種狀態的人去報仇，實在做不到。要報仇，也得先有命再說啊。」

這麼說來，馬場現在還躺在醫院的病床上？繼續等下去只是白費工夫，既然馬場不會來，就用不著待在這裡。

榎田起身打算離開，這時候，智慧型手機震動起來。有人來電。

他拿出手機看了畫面一眼——是林。真是說曹操，曹操就到。

榎田切換為通話，打了聲招呼：「喂？」

『——喂，你這個毒菇。』

一道不悅的聲音傳來。

「劈頭就罵人，真過分。」榎田苦笑。

『是你幹的好事吧？』

「我不知道你在說哪件事，不過八成是我幹的沒錯。」

惹得林不高興的理由，榎田心裡有數。

『是你慫恿馬場的吧？』

「啊，果然是這件事？」

榎田笑道，而林怒氣沖沖，在電話另一頭粗聲說道：『別鬧了！都是因為你，馬場的傷口裂開，我被醫院罵了一頓，重松還得破財，糟透了！』

「抱歉、抱歉，是我不好。」

榎田說著違心之語，把林的怒吼當成耳邊風。

「那馬場大哥現在怎麼樣？」

榎田詢問。

『誰曉得？大概在悶頭大睡吧。為了防止他逃跑，我們把他銬在床上，關在病房裡。』

林交代：『別再跟馬場說些有的沒的了！』便掛斷電話。

「好啦……」榎田面露賊笑，喃喃說道：「該怎麼辦？馬場大哥。」

素有福岡最強之譽的殺手殺手要如何度過這一關，令人拭目以待。

次郎在吧檯裡忙著準備開店。開店時間快到了。

「這麼一提，」榎田突然察覺一件事。「今天美紗紀不在啊？」

平時總是待在次郎身邊的小女孩現在不見人影。

「是啊。」次郎一面在流理台洗手一面回答：「美紗紀去探望馬場了。」

馬場在病床上大大嘆一口氣。

無論他如何嘗試，都無法掙脫手銬。

就算幸運掙脫，雙手恢復自由，病房外還有重松安排的兩個刑警緊迫盯人，不讓馬場逃走，要突破並不容易。馬場現在的心境宛若囚犯。

如果對手只有一個人，還有法子可想，例如可以趁著對方上廁所或去抽菸的時候偷偷溜出病房。

再說，正鷹留下的日本刀現在還收在衣櫃裡。最終手段——雖然對重松的部下過意不去——可以來硬的，用日本刀威脅或打昏對手，突破防線。

不過，對手有兩個人就很困難。隨時有人盯著自己，就算要動武，現在自己負傷在身，恐怕贏不過兩個現任刑警。

「重松大哥真可惡。」馬場咂了下舌頭，恨恨說道：「用不著做得這麼絕唄。」

戒備如此森嚴，看來重松是打定主意，絕不讓他逃離病房。

馬場也考慮過從窗戶逃脫，但傷口痛得厲害，只怕連要跨上窗緣都有困難。再說這裡是二樓，跳下去鐵定無法安全著地，只會骨折再次送醫。

處處碰壁的狀況令馬場越發焦躁。他滿肚子火，恨不得猛抓腦袋，但雙手上的手銬不容許他這麼做。壓力越積越多。

此時，房門突然打開。

「——小善。」

原來是美紗紀。

「我來探病了。」

她抱著小小的花束，可愛的模樣稍微紓解馬場的滿腔鬱悶。

「謝謝妳，美紗紀。」

馬場微微一笑。

「話說回來，真虧妳進得來。」

馬場本來以為所有訪客都會被門外的兩個守衛趕走，莫非小孩例外？

「嗯。」美紗紀回答：「他們說除了榎田以外，誰都可以探病。」

協助自己的情報販子似乎被列入黑名單，以後要和他接觸大概很困難。

「不過，他們檢查過我的包包。」

「真是小鼻子小眼睛。」

居然檢查小學生的包包，戒備未免太森嚴。馬場啼笑皆非地心想，用不著這麼誇張吧。

不過，美紗紀並非尋常小學生，而是值得警戒的人物。她靜靜走向馬場，將臉湊過來，對馬場附耳說道：

「今晚七點，到醫院後面的投幣式停車場來。」

「……咦？」

馬場一臉錯愕，美紗紀又小聲對他說：

「小善，我幫你報仇。」

接著，她把小手伸進花束中，拿出一樣物品。

「來，這是伴手禮。」

那是髮夾。

馬場立即意會過來。原來如此，她是要自己用髮夾打開手銬？

話說回來，她真是個聰明的孩子──馬場暗自讚嘆。她料到守衛會檢查她的包包，但若是把髮夾別在頭髮上，回去的時候或許會被發現髮夾不見了；她猜測守衛應該不至於檢查花束，便把髮夾藏在花束裡。真不愧是復仇專家的女兒。

「我先放在這裡囉。」

美紗紀把可愛的花飾髮夾藏在枕頭底下。

「拜拜，小善。」她向馬場揮手，並微笑補上一句：「待會兒見。」

多虧這個小幫手，馬場找到了突破點。

約定時間是七點，在那之前，馬場必須溜出病房，與美紗紀會合。

到了將近六點時，馬場立刻展開行動。

「欸！」他對著門外喊道：「欸、欸！刑警先生！」

門隨即打開，年輕男人一臉詫異地探頭進來。

「……什麼事？你要上廁所嗎？」

「不不不，不是啦。」馬場搖頭，一臉困擾地說：「我是想請你幫我打開一邊的手銬。我想看棒球賽，可是沒辦法按遙控器。」

刑警們面面相覷，似乎在猶豫該怎麼做。

再加把勁吧。馬場繼續說道：「總不好意思每次都勞煩你們替我按遙控器。只解開一隻手，應該沒關係唄？」

聞言，刑警點了點頭。「哎，只解開一隻手的話……」替馬場解開了左手的手銬之後，刑警又回到病房外。

好，這下子一隻手能動了，第一階段過關。成功拐到他們——馬場面露賊笑。

馬場立刻用左手操作遙控器，打開電視，隨便轉了一台，並稍微調高音量。

接著，他從枕頭底下拿出美紗紀給的髮夾，像鐵絲般拗直，插進手銬的鑰匙孔裡。撬了一會兒，手銬打開。撬鎖成功，第二階段也過關了。

現在雙手都能使用，馬場慢慢地下床，以免刺激到傷口。

他進行下一個步驟，把白色床單從床上扯下來，並把前端綁在窗戶的欄杆上，剩下的部分垂吊在窗外。

完成所有步驟之後——

「這招雖然老套，但也只能聽天由命……」

馬場藏身於衣櫃之中，屏氣斂聲。

六點是晚餐時間，院方會送餐到病房來，屆時，刑警就會端著餐點進入病房，並察覺馬場失蹤了。

馬場在衣櫃中靜靜地等待。

十幾分鐘後有了動靜，六點剛過便傳來開門聲。

「——喂、喂！他不在！」

隨後，刑警的宏亮聲音響徹四周。見馬場消失無蹤，刑警大吃一驚。

「混帳，上當了！」

在房裡走動的兩道腳步聲混著雨聲傳來。他們似乎在找尋馬場。

——拜託，千萬別發現。

馬場懷著祈禱的心情等待他們離去。

「那傢伙跑去哪裡？」

「該不會從窗子逃走了吧？」

「糟糕，重松先生會生氣的。」

慌張的對話聲持續傳來。

「快找！他應該還沒走遠！」

腳步聲逐漸遠去，兩人似乎都已離開病房。

馬場鬆一口氣。第三階段也順利過關。不過，接下來才是問題。

博多豚骨拉麵團
HAKATA TONKOTSU RAMENS

延長賽十一局上

第二次接獲馬場逃走的消息時，林忍不住抱住腦袋。

那個馬蠢──林咂了下舌頭。林知道馬場還沒死心，但沒想到他真的逃走了，而且逃得這麼快。

──不過，他是怎麼做到的？

馬場被手銬銬在床上，不能自由活動，還有重松派來的人手監視著他。林不認為傷勢如此嚴重的人能夠輕易逃脫。

不過，當他趕往醫院一看，病房裡確實已經空無一人，不見馬場的身影，就連守衛也消失無蹤。

「抱歉，林。」先到一步的重松皺起眉頭說：「讓那小子逃走了。」

「有派守衛盯著他吧？」

「嗯，派了兩人，現在正在附近搜索。」重松嘆一口氣：「聽部下說，馬場說想看棒球賽，拜託他們打開一邊的手銬。」

「所以他們就幫他打開了？」

「嗯，只解開左手。」重松點了點頭，繼續說道：「到晚餐時間，部下敲門卻沒有回應，打開一看，才發現已經變成這樣。」

馬場消失無蹤，重松的部下正拚命搜索。

「今晚的比賽是客場戰，無線電視台沒轉播。」林指著房裡的電視說道：「用這台電視看不到棒球賽。」

林前來探病的時候，馬場曾抱怨過電視問題。換句話說，想看棒球賽只是藉口。

「那小子打一開始的目的就是打開一邊的手銬啊？」

馬場撒謊欺騙重松的部下。

不過，光是解開單手的束縛，頂多只能自行操作遙控器，無法逃脫。

——馬場到底是用了什麼方法？

林不認為馬場能夠獨力逃脫。他應該有幫手，某人參與了馬場這次的逃脫計畫。

環顧病房，桌上擺著一小束花，似乎有人來探過病。

林不經意地垂下視線，發現地板上有樣東西，反射日光燈的光線閃閃發光。

他蹲下來撿起那樣東西。

「這該不會是——」

髮夾，上頭附帶花飾，雖然變形了，不過林認得這個設計。

他隨即察覺——這不是自己的髮夾嗎？

「美紗紀來過這裡？」

「這麼一提，」重松回答：「部下說過有個小女孩來探望馬場，八成是美紗紀。他們覺得小孩應該沒問題，就讓她進病房。」

如果是尋常小孩，確實不會有問題。

不過，這次的對手非比尋常。

「問題可大了。幫助馬場逃走的就是美紗紀。」

林把變形的髮夾遞給重松，重松仔細端詳一會兒，歪頭納悶。

「這是什麼？」

「我送給美紗紀的髮夾。」

林之前別著這個髮夾參加棒球練習，美紗紀稱讚髮夾好可愛，表情有些羨慕，所以林就把髮夾給她。他這麼做並沒有任何特別的用意，僅僅是一時心血來潮。那個髮夾不是什麼高檔貨，再說，比起自己這樣的男人，別在小學女生頭上應該更好看。

沒想到髮夾會被用在這種地方。

「美紗紀來探病，把這個髮夾拿給馬場，那傢伙就是用這個髮夾撬開手銬。」

「可是，美紗紀為何這麼做……」

馬場初次逃脫時，抓住他的人就是次郎，美紗紀為何又幫助馬場逃亡？

「誰曉得？」林皺起眉頭。「馬場事事都依著美紗紀，或許美紗紀也是這樣吧？」

美紗紀向來敬愛馬場，她被馬場強烈的復仇意志打動，也沒什麼好不可思議。

無論如何，孤立無援的馬場已得到幫手。他先讓刑警替自己解開一邊的手銬，接著又用這個髮夾自行打開另一邊，雙手重獲自由。

接下來呢？

林觀察病房。床單被扯了下來，綁在窗戶欄杆上。這應該也是馬場幹的。

「他應該不是把床單當成繩索爬下去。」重松喃喃說道。

「嗯，他傷得那麼重，玩不了這種把戲。」

這裡是二樓，一般人或許辦得到，但對於現在的馬場這種傷患而言，可說是困難重重。

「他或許是假裝逃走，其實躲在某個地方也說不定。」

馬場先躲起來，待守衛離去之後，才離開病房，逃離醫院——這個猜測應該八九不離十。

「居然上這麼老套的當，太窩囊了。」重松嘆道：「我得好好訓部下一頓。」

重松難掩焦躁之色，眉頭深鎖。他往床上坐下來，深深嘆一口氣。

「……哎，追根究柢，都是我的錯。通知馬場別所暎太郎即將出獄，以及把那件案子的凶器交給馬場的都是我。因為我協助他，他才會傷成那樣。」

這個男人大概一直在責備自己。為了這次讓馬場去報仇，以及十三年前沒有阻止馬場成為殺手而自責。

因此，得知馬場逃走，他比任何人都更加心急。

「不能讓那小子死掉。」重松起身，振奮精神說道：「一定要設法帶他回來。」

聞言，林也點了點頭。如果放任馬場行動，他一定會逞強，傷口又會裂開，搞不好會演變成無可挽回的局面。

林提議：「不如拜託榎田調查他的下落吧？」

「不行。」重松搖頭。「我信不過榎田。他和馬場互通聲氣，搞不好會放假情報給我們。」

「說得也是。」林表示贊同。起初鼓勵失意的馬場去復仇的正是榎田，都是他花言巧語慫恿馬場害的。

「那該怎麼辦？」

重松似乎有辦法。「我去拜託網路犯罪課的熟人追蹤馬場的手機。」

這樣就穩當了，找到馬場應該只是時間的問題。

「這方面就交給你。」林轉過身，「為了慎重起見，我用其他方法追蹤看看。」

林離開醫院，前往榎田滯留的網咖。他向櫃台的工讀生表示「我是來找人的，馬上就會離開」，硬是闖入店裡。

只要看擺放在通道上的鞋子，立刻就知道那個男人在哪裡。二十四號隔間前擺著一雙格紋膠底鞋。

打開門一看，一顆泛白的金色腦袋映入眼簾。林擅自踏入隔間，抓住躺椅的椅背轉過來，與榎田正面相對。

榎田拿下頭戴式耳機笑道：「嗨，歡迎光臨。」

「過來一下。」林低聲命令。

林抓住榎田的胸口，用力拉著他來到店外。兩人在自動門前交談。

「怎麼啦？沒頭沒腦的。」

「馬場又逃走了。」

「這次我什麼事也沒做喔。」榎田攤開雙手，宛若在主張自己的清白。

林知道。這次的犯人不是這個男人。

「好像是美紗紀幫他的。」

「哦?真厲害。」榎田面露賊笑。「不愧是復仇專家的女兒。」

——這傢伙知情。

林狠狠瞪著榎田。這次的事他到底參與多少?這個男人還是老樣子,大意不得。

「所以,你是來問我馬場大哥逃去哪裡嗎?」

榎田聳了聳肩,搖頭說道:

「沒用的,我不能說。馬場大哥早就料到你們會來找我幫忙,所以事先交代我不能把他的下落告訴任何人。」

「我沒打算問你馬場的下落。」林冷淡地回答,進入正題。「告訴我別所在哪裡。」

馬場應該會去找別所,只要能搶先一步,或許就能阻止馬場做傻事。

「這也不行。」榎田立刻回答:「他交代我別把情報交給任何人。我收了一大筆封口費,答應會信守承諾……哎,如果你能給更多錢,我可以考慮一下。」

別開玩笑了。林咂一下舌頭。

即使付錢,這個男人也不見得會提供正確的情報。再說,林不想稱這傢伙的意。

「你們就別管馬場大哥了嘛。」榎田啼笑皆非地說道：「讓他放手去做有什麼關係？他就是為了報仇才當殺手的啊。」

那可不行。林不悅地說：「……就算他白白丟掉一條命，你也無所謂？」

「你覺得馬場大哥會輸？真薄情。」

這不是輸贏的問題，馬場甚至有可能未戰先敗。

「你覺得他傷成那樣還能打嗎？」林稍微加強語氣。「他這次真的會沒命。」

「馬場大哥已經做好覺悟了……你那時候也一樣吧？」

經榎田這麼一問，林才猛然想起來。

一年前，林打算搏命替妹妹報仇。當時他認為只要能夠達到目的，自己有什麼下場都無所謂。

然而——

「……那時候是他救了我。」

如果現在的馬場懷抱和當時的林同樣的想法——只要能夠報仇，有什麼下場都無所謂——那麼，阻止他就是林的工作，就像當時馬場阻止了林一樣。

「我不是想阻止他報仇，而是想阻止他自暴自棄，輕易捨棄自己的性命。」

若是馬場不肯放棄復仇，任誰都無法阻止他。那個男人的決心十分堅定。

但是，不能默不吭聲地放任他胡來。

林想救他，救那個試圖獨自面對過去的男人。

其實林更希望馬場在事情演變至此之前向自己求助。

林面對榎田，凝視著他的臉開口：

「所以，拜託你告訴我。」

林低頭懇求。

聞言——

「馬場大哥有幫手。」

榎田如此說道。

「……幫手？」

「對。我不知道是誰，好像是美紗紀找來的。那個幫手會從 Murder Inc. 的刺客手中把別所搶過來，交給馬場大哥，這就是計畫。馬場大哥並不是要去送命。」

話雖如此，馬場不見得能夠全身而退，那個幫手的本領如何也有待商榷。

林深深蹙眉，榎田面露賊笑說：

「既然你那麼擔心，就去看看情況吧？見證馬場大哥殺死別所的那一刻。」

林不悅地皺起眉頭。

「我也想這麼做，可是壞心眼的情報販子不肯透露口風。」

「哎，的確，我不能告訴你馬場大哥和別所的下落，這是我答應馬場大哥的事。不過……」

榎田繼續說道：

「馬場大哥動手殺別所的地點，應該猜得出來吧？」

聽了榎田的提示，林猛然醒悟。

馬場試圖使用十三年前的凶器報仇，以刺死父親的刀子了結別所的性命。這是為了重現那樁慘案。

這樣看來，馬場的去處──他報殺父之仇的舞台，或許是那個地方。

──十三年前的案發現場。

林立刻打電話給重松。重松從前去過那個地方，應該知道住址。

電話響到第三聲時，對方接聽了。

『哦，是林啊？如果你是要問馬場的下落，我現在正在派人調查──』

「重松！」林打斷重松，說出來意：「把馬場的老家住址告訴我！」

延長賽十一局下

好不容易騙過了守衛。

馬場拿著愛用的日本刀溜出醫院。由於傷口還在疼，他的動作不像平時那麼靈活，一旦被發現就會被抓住。他小心翼翼朝著與美紗紀約定的地點前進，避免遇上其他人。

雨下了又停、停了又下，醫院後方的投幣式停車場裡停著幾輛淋濕的車子，但是不見美紗紀的身影。馬場藏身於車後，靜靜等待。

過一會兒，一輛鮮紅色的露營車駛來，停在停車場入口，打開了車門。

「——小善，這邊、這邊！」

美紗紀從車裡探出頭來，朝著馬場揮手。

「快上車！」

馬場依言上車。

上車一看，馬場不禁大吃一驚。車裡比想像中的還要寬敞，宛若一間小套房。

話說回來，這著實是個不可思議的房間。牆上貼滿菱格壁紙，家具全是哥德式，盡是一般日本人不熟悉的事物。猶如闖進另一個世界的感覺侵襲了馬場。

待馬場上車之後，車子又再次行駛。

行駛十幾分鐘，來到別的地方以後，車子再度停下來。這段時間裡，馬場仿效美紗紀，坐在貓腳沙發上。

他坐立不安地環顧房裡，暗自納悶。這裡究竟是哪裡？這輛車是誰的？開車的又是誰？

在馬場滿腹疑惑之際——

「——來到這裡就安全了，」

另一道聲音響起。

看見從駕駛座現身的男人，馬場一臉錯愕。

——是小丑。

用油彩塗白的臉孔和紅色的假鼻子，眼睛底下與嘴角也上了妝，活脫便是個小丑。

身穿紅衣的詭異小丑正在房裡走動。

「……美紗紀。」馬場忍不住詢問：「……這位小丑先生是誰？」

「麥加，我的朋友。」

美紗紀若無其事地回答。

她怎麼會交這麼古怪的朋友？馬場皺起眉頭。是在哪裡認識的？兩人怎麼會變成朋友？他有數不盡的疑問。

在美紗紀的介紹下，名叫麥加的男人轉向馬場，脫下帽子放到胸前，恭恭敬敬地低頭致意。

「麥加，這是小善，我的朋友。」美紗紀又向麥加介紹馬場。

「小善，朋友。」麥加開心地說道：「朋友的朋友，也是朋友！」

小丑伸出手來要和馬場握手，馬場頂著抽搐的表情回應他。看來自己也加入了他的朋友行列。

馬場哈哈苦笑，對美紗紀附耳說道：「……妳這個朋友真奇特。」

「別跟次郎說喔。」

美紗紀把食指放到嘴唇上。

「次郎不知道？」

「次郎知道我交了朋友，還叫我邀朋友到家裡玩，可是我不能這麼做。麥加是個好孩子，但不是普通的朋友……」

確實稱不上普通。

麥加的臉上化了妝，看不出正確年齡，但是顯然很年輕，大概二十歲左右。不過，他的說話方式很幼稚。從他的態度看來，不像是在演戲，而是真的把自己當成小孩。看來他背後也有一段不為人知的故事。

在馬場仔細觀察時，麥加遞了茶杯過來。

「請用茶。」

「呀，不用費心了。」

「謝謝你，麥加。」

馬場接過茶喝了一口。檸檬風味在舌頭上擴散開來，馬場內心暗自祈禱裡頭沒下安眠藥。

在他們喝茶的這段期間，麥加依然手腳俐落地張羅著。泡完紅茶以後，他在桌上擺了盤子，盤子裡裝著星星及愛心形狀的餅乾。

美紗紀指著盤子催促馬場：「這些餅乾是我們兩個一起烤的，你吃吃看。」

馬場依言朝著盤子伸出手。雖然吃著餅乾、喝著紅茶，可是馬場的心情依然無法放鬆。

——我在幹啥呀？

老實說，現在不是做這種事的時候。

別的先不說，這個小丑男究竟是何方神聖？美紗紀說他是朋友，是哪種朋友？

再說，這兩人把自己帶來這種地方，究竟有什麼打算？目的總不會是三個人一起開開心心地開茶會吧。

在馬場尷尬枯坐之際——

「別擔心，不必露出那種表情。」身旁的美紗紀一面喝紅茶一面說道。「我說過了吧？我會幫你報仇。」

今天，她在病房裡曾這麼對馬場說過。

馬場很感謝美紗紀的幫忙，但他不能把別人的寶貝女兒扯進這種危險的事裡。「要是讓妳幫忙，我會挨次郎罵的。」

「這和次郎沒關係。而且，不說他就不會發現了。」她繼續說道：「是我想這麼做的。」

即使如此還是不行，馬場搖了搖頭。

「要是遇上狀況，現在的我保護不了妳。」

現在的身體根本無法好好戰鬥，若是有個萬一，他可就無顏面對次郎。

「我不需要小善保護。」美紗紀若無其事地說道：「有麥加在。麥加很厲害。」

「麥加很厲害。」麥加笑了。他的紅色嘴唇上揚，更增添詭異的氛圍。「小善也過度保護美紗紀？」

「所以，你放心讓我們幫忙吧。」

聽了美紗紀的一番話，馬場沉默下來，思考該如何是好。

現在的自己能做的事相當有限。就算他選擇離開這輛車，獨自報仇，最後鐵定又是落得被重松他們發現、帶回醫院的下場。即使運氣好，抵達別所身邊，也得和那個殺人承包公司的男人打一場。以自己的傷勢，想必沒有勝算。

這是求之不得的提議。再說，馬場不能糟蹋美紗紀的好意。要報答如此鼎力相助的朋友，自己只能往前邁進。

馬場不知道這個叫做麥加的男人有多少實力，不過事到如今，也只能硬著頭皮上了。無論使用什麼手段，都一定要報仇，否則這十三年來的努力全都白費。

——現在就在他們的策略上賭一把吧。

馬場已做好覺悟。

「……美紗紀。」馬場對她低下頭。「拜託妳了。」

美紗紀心滿意足地微微一笑。「您的復仇就包在我們身上。」

「包在我們身上。」麥加也有樣學樣，跟著複述一遍。

這時候手機響了，美紗紀的手機似乎收到郵件。「啊，是榎田寄來的。」她喃喃說道。

美紗紀把手機畫面轉向馬場。是郵件，內文寫著：『我知道帶走別所的男人在哪裡了。馬場大哥也和妳在一起嗎？』

信中還附上位置情報，地點是中洲。

「麥加，開車！」

「是～」

麥加精神奕奕地回答，回到駕駛座上。

雖然費了一番工夫，但總算抓到目標別所暎太郎，並控制他的行動。Murder Inc.交付的任務終於來到最終階段，接下來只要問出情報並殺掉對方即可。

走在中洲的街頭，阮接到一通來電。

「——喂？」

『啊，是我。』

接起電話一聽，原來是認識的情報販子。

「怎麼，是榎田啊？」

自己並沒有委託任何工作，榎田有什麼事嗎？阮歪頭納悶。

『你現在在哪裡？』

「中洲。」

阮邊走邊回答。

榎田繼續詢問：『抓到別所了嗎？』

「託你的福。」阮笑道。多虧榎田的情報，他才能找到逃脫的別所。「他現在就在我的後車廂裡。」

『還活著嗎？』

「嗯。我正要慢慢折磨他。」

昨天，阮對別所拳打腳踢，並以鈍刀慢剮，但是別所依然不透漏半點口風。阮決定隔一段時間之後再繼續拷問，暫且回到飯店補眠。

現在他正要回到別所身邊，繼續拷問。

「我知道你在打什麼主意，榎田。」阮歪唇笑道。「就是別所招出的情報吧？」

『哈哈～』榎田笑了，看來是說中了。『他招出什麼情報？』

「還沒招。現在正要逼他招供。」

阮掛斷電話。

前進片刻後，立體停車場映入眼簾。阮上了二樓，走向停在樓層角落的出租車。

他繞到後方，打開後車廂。

別所就在裡頭，手腳被綁住，似乎筋疲力盡地縮成一團。

「嗨，打算說了嗎？」

阮說道，並拿掉堵住別所嘴巴的布條。

別所沒有答話。不過受到拷問，連杯水都沒得喝，又被關在後車廂裡一整晚的他顯然變得衰弱許多。他雙眼無神、反應遲鈍，看來消耗甚鉅。阮暗想，別所招供應該只是時間的問題。

「好，重新來過吧，好好回答我的問題。你為什麼要逃離公司？」

阮問道，但別所依然保持沉默。阮揍了他幾拳之後，再次質問。這種毫無意義的時間持續一陣子，別所依然拒不開口，讓阮越來越焦躁。

看來是修理得還不夠。阮決定不再手下留情。若是不小心殺死他便罷了，阮很樂意寫悔過書。

在阮豁出去，拿出刀子之時——

周圍突然出現一道炫目的閃光。

——是車燈。

「怎、怎麼搞的！」

阮被光線刺得皺起眉頭，連忙舉起手來遮擋。

一輛紅色大車朝著阮開過來。阮本以為是卡車，仔細一看卻不然，是露營車。露營車在阮的車子跟前停下來。

到底是怎麼回事？阮暗自警戒，只見一個男人走下駕駛座。

「你是……」阮喃喃說道，啞然失聲。

這傢伙是誰？

——不，這傢伙是什麼鬼東西？

沐浴在車燈下的身影令阮不禁瞪大眼睛。

紅色帽子、紅色衣服、紅色鼻子，駕駛露營車的是個「小丑」。化上白妝的男人露出陰森森的笑容，詭異得讓阮毛骨悚然。活像從前看過的恐怖電影場景，阮忍不住打了個冷顫。

「……你是什麼來頭？」阮的額頭上冒出冷汗。

——這個地方怎麼會有小丑？

小丑無視全神戒備的阮，拿下帽子，笑著低頭致意，宛若接下來即將開始表演。

接著，小丑不知從哪兒拿出刀子，交互將三把小刀扔向空中，展現雜耍技藝。

——這個人想幹嘛？

在阮錯愕地凝視這幅光景時，小丑動了。雜耍到一半，他突然把刀子扔過來。

「嗚哇！好危險！」

面對小丑的偷襲，阮及時做出反應。他扭轉身體，閃過接連飛來的刀子。

沒頭沒腦地做什麼！阮皺起眉頭，立即把手伸向懷中，拔出槍來。

阮迅速用槍指著對手。

「啥——」

然而，小丑已經不在原地。

阮咂了下舌頭。在哪裡？小丑跑去哪裡？他慌忙環顧四周，卻完全不見人影。

下一瞬間，紅影閃過視野。

——混帳，在上面！

當阮察覺時，已經來不及了，小丑男從天而降。小丑趁著阮的視線梭巡時，爬上了露營車頂。

從車頂一躍而下的小丑手上拿著某樣東西，形狀很像保齡球瓶——是街頭藝人用的雜耍棒。小丑朝著阮揮落雜耍棒。

阮反射性地用手臂抵禦，攻擊不偏不倚地擊中前臂，搞不好打斷了骨頭。一陣劇痛竄過，手槍掉出阮的手。

「好痛，混蛋——」

阮發出呻吟，皺起眉頭。他連忙與對手拉開距離，撿起手槍，用左手再次瞄準紅色目標。

「欸。」小丑笑著。「陪麥加玩。」

紅影在停車場內迅速移動，從一輛車跳到另一輛車上，把阮耍得團團轉。阮無法瞄準目標，要用非慣用手射殺動作如此迅速的獵物，實在太困難。子彈只打到車子和停車場的柱子。

「哈哈哈。」

小丑一面四處逃竄，一面發出樂不可支的聲音。

「……別鬧了，混小子。」

瞧不起人是吧？阮啐了一句。看你能囂張多久，一定會宰了你。

阮仔細觀察對手的動作，總算找出小丑的行動模式。他預測對手的行進方向，扣下扳機。

「去死吧！混帳小丑——」

被消音器抑制音量的槍聲響徹停車場。

一發子彈朝著紅影飛去。下一瞬間，小丑「啊」了一聲。紅色身體被彈開，失去平衡，從車上滑落。

小丑男就這麼跌落在車身的另一頭。

——……做掉了嗎？

應該有擊中才對。

阮調整紊亂的呼吸，靠近自己射殺的獵物。

他舉著槍，一面警戒一面確認車子後方。

阮看見了小丑男。他躺成大字形，脫落的帽子掉在一旁。

阮戰戰兢兢地窺探他的臉。

小丑雙目緊閉，一動也不動，似乎死了。不知是不是因為中彈之故，他的臉上流著血。

阮朝小丑的脖子伸出手，打算探他的脈搏——下一瞬間，小丑的眼睛猛然睜開。

阮心頭一震，手臂突然被抓住，忍不住發出尖叫。

「哈哈哈。」哈哈大笑的男人手上不知幾時間多了根雜耍棒。

隨後，頭部竄過一陣衝擊，阮在察覺自己被毆之前便已失去意識。

接獲麥加的信號，馬場和美紗紀下車一看，發現那個東南亞裔男人倒在停車場裡。那是 Murder Inc. 的員工，妨礙別所殺掉自己的男人，現在似乎昏倒了，麥加正用繩子捆綁那人攤平的手腳。

馬場走向麥加，指著他的臉說：

「你的臉上沾了血唄。」

看起來像是額頭在流血，但仔細一看只是血漿，麥加依然生龍活虎。剛才聽到幾道槍聲，馬場還頗為擔心，如今看來，似乎是自己杞人憂天。

美紗紀說麥加很厲害，確實如她所言。對手是 Murder Inc. 的員工，麥加卻完全未落下風。

麥加一臉錯愕地歪著頭。「什麼是『唄』？」

「博多腔，加在句尾的。」回答的是美紗紀。

停車場裡停著一輛黑色轎車，車牌號碼是「ＷＡ」開頭，似乎是出租車。

馬場走向車子。後車廂開著，別所就在裡頭。他還活著，在被捆綁的狀態之下塞進了狹窄的後車廂中，臉上有被毆打的痕跡，多處流血，看起來相當虛弱。那個 Murder Inc. 的男人似乎對別所嚴刑拷打過。

馬場俯視別所，低聲說道：

「又見面了。」

這是他第三次和這個男人面對面。

別所瞥了馬場一眼，隨即又移開視線，眼神虛弱無力。

「小善。」美紗紀說道：「剩下的交給我們吧。」

「嗯，我走了。」

馬場點了點頭。

「接下來要請你陪我兜兜風。」他瞥了別所一眼，關上後車廂。

——就快了，終於能夠報仇。

馬場轉過身。

「小善，」麥加對著他揮手：「拜拜唄。」

「麥加，拜拜不用加『唄』。」美紗紀說。

「拜拜。」

馬場帶著苦笑揮手回應之後，坐上男人租來的車。這是最後一次——他在心中喃喃說道，踩下油門，離開停車場。

馬場把別所關在後車廂裡，開車前進。他的目的地是那個地方——以前和父親居住的公寓。

周圍一片昏暗，由於下雨的緣故，視野也不佳。馬場把車停在公寓前，拿著日本刀走下駕駛座。

他淋著雨，打開後車廂，低聲命令別所：「出來。」

現在他抱不動一個大男人，必須讓別所自行走路才行。馬場抓住別所的衣服，想把別所從後車廂裡拉出來。

然而，下一瞬間，意料之外的事態發生。

一直安安分分的別所突然發動攻擊。他跳出後車廂，踹了馬場的腹部一腳。

「呀，呃！」

在劇痛的侵襲下，馬場發出不成聲的哀號。他的身體晃了一晃，險些倒地。

綁住別所手腳的繩子鬆開了，似乎是別所在抵達這裡之前自行解開的。

「混帳，你是啥時——」

上當了。馬場皺起眉頭。

別所一面用手背擦拭嘴角的血，一面說道：「……這是趟很愉快的兜風之旅。」

別所一直在後車廂中保存體力，伺機而動。馬場後悔地心想，自己太過心急了，應該好好確認才是。

然而事到如今，後悔已經太遲。

「真可惜，功虧一簣。」

別所面露賊笑，冷冷地俯視馬場。

「等著吧，我馬上送你去見你爸爸。」

別所朝著摀住腹部蹲在地上的馬場伸出手。

粗壯的手指掐住脖子。馬場的血管遭到強烈的力道壓迫，只能不住地喘氣，以尋求空氣。

「呃，哈，呀……」

他喘不過氣來。

再這樣下去就糟了。

雖然馬場試圖抵抗，但被對手從上方壓制，他無法動彈。氧氣被奪走，視野逐漸模糊。

混帳！馬場咬緊牙關。

他奮力抵抗，用指甲抓別所的手臂，可是使不上力，體力反而逐漸流失，四肢變得越來越沉重。

——又來了。

這個念頭閃過腦海。

又要輸給這傢伙嗎？和那時候一樣，毫無抵抗之力地死去嗎？

令人心膽俱裂的悔恨逐漸覆蓋馬場的心。就在這時候，眼前的別所突然彈開。

有人無聲無息地靠近，從背後踹開別所。

別所的手離開脖子，馬場一面咳嗽一面呼吸空氣。是誰？在他錯愕之際——

「真是的，你到底在搞什麼鬼？」

一道女人的身影開口說道。

難道是——馬場瞪大眼睛。

「臭馬蠢。」

熟悉的聲音，熟悉的綽號。

不是女人。

是自己熟識的男人。

延長賽十二局上

在榎田的提示下，林猜出馬場的去向。他打電話給重松，問出十三年前案發現場的地址後，立刻動身前往。他在附近招了輛計程車，說明目的地，並表示自己趕時間。聞言，司機立刻踩下油門。

馬場從前住的地方是棟老公寓，現在似乎無人居住。據重松所言，一樓的邊間即是馬場的老家。抵達公寓後，林扔了張千圓鈔，說句「不用找了」便匆忙走下計程車。

公寓前的停車場裡停了一輛車，車燈照亮四周，一旁可看見兩個男人的身影，在下個不停的雨中扭打成一團。

其中一人是馬場。這麼說來，另一人八成就是別所�太郎。

別所騎在馬場身上，雙手勒住馬場的脖子。

林未及思索，身體便先動了。他繞到別所的死角，使出犀利的一踢，鞋跟直刺對方的太陽穴。

毫無防備的別所因為這道衝擊而猛烈彈開，倒向地面。

好險。林鬆一口氣。要是自己再晚個一分鐘趕到，馬場大概就被別所殺掉了。幸好他及時趕上。

馬場一面咳嗽一面緩緩起身。

「你到底在搞什麼鬼？臭馬蠢。」

林對馬場啐道。

馬場不發一語，愣愣地凝視著林。

林把視線轉向另一個男人。

別所似乎受了傷，手臂上有數道刀傷，衣服滲血——是拷問的傷痕。他臉上也有被毆打的痕跡，想必是絞盡了最後的力氣反擊馬場。

「居然險些被這種小嘍囉幹掉。」林瞥了別所的背部一眼，誇張地嘆一口氣。

車子旁邊有條繩子，似乎是別所自行解開的。林撿起繩子，靠近倒地的男人。

林用繩子緊緊綁住別所的雙手，以防他再次掙脫，並對他附耳說道：

「——別所航生在我手上。」

這是謊話，林已經放走他了。

然而，別所似乎相信了，聽見這句話後臉色大變。

「……你把我弟弟怎麼了？」

「目前還沒有把他怎麼樣，要視你的態度而定。如果你敢動歪腦筋，你應該知道會有什麼後果吧？」

別所皺起眉頭。「這件事和我弟弟無關。」

「嗯，是啊。等一切結束以後，我會放了他。」林小聲說話，以免被馬場聽見。「不過，要是你又像剛才那樣危害那傢伙，我就對你弟弟做出同樣的事……聽清楚了嗎？」

面對林的威脅，別所似乎死了心放棄抵抗，任由林擺布。林將他反手綁住。

隨後——

「——林。」

馬場終於出聲。他低聲詢問林：

「你來這裡做啥？」

馬場用近乎瞪視的眼神凝視著林，似乎有所提防，大概還在記恨被帶回病房的事。來這裡做啥？劈頭就是如此冷淡的話語，讓林心中五味雜陳。

「虧我還救了你耶，不必這樣說話吧？」

林嗤之以鼻，繼續說道：

「放心吧，我不是來阻撓你。」

什麼意思？馬場皺起眉頭，彷彿在如此詢問。

林不是來阻撓的。正好相反，他是來幫忙馬場。這個男人要報仇，需要自己的力量。

「手機給我。」

林朝著馬場伸出手。

「……手機？」

「重松他們已經透過手機查出你現在的位置，很快就會趕來。」

若是馬場繼續帶著手機，就會被他們抓住，帶回醫院。不過，如果林拿著馬場的手機四處跑，便可以擾亂搜索人員的耳目，也可以將重松從馬場身邊引開。

「我替你爭取時間。」

聞言，馬場驚訝地瞪大眼睛。

「……咦？」

「相對地，我有一個條件。」林指著別所說道：「把那傢伙的屍體交給我。」

「好是好……為啥？」馬場歪頭納悶。

這是和別所航生的約定，林自己也不明白為何要答應對方的請求。林笑了一笑，含糊地回答：「哎，算是殺手的人情吧。」

林從馬場手中接過手機，放進自己的口袋。

「這個借你，裡頭裝了三發子彈。」林把愛用的匕首槍遞給馬場。「你傷成那樣，揮不動日本刀吧？」

馬場乖乖地收下。

自己只能幫到這裡。

「接下來就交給你自由發揮吧，直到你覺得暢快為止。」說著，林轉過身。「結束以後記得回醫院。」

在林背過身時——

「——小林。」

馬場叫住他。

林回過身。

「為啥……你這麼做不要緊麼？」

馬場皺著眉頭。他原以為林是來帶自己回去的，看見林這番意外的舉動，他顯然困惑不已。

——喂喂，你有資格說這句話嗎？

當然，重松鐵定會臭罵自己一頓，林已經做好覺悟。不過，林下定決心，無論發生什麼事，都要幫助這個男人。

「囉唆，我也沒辦法啊。」林啐道，再度轉身背對馬場。「……誰教博多人都很雞婆呢？」

延長賽十二局下

林拿著馬場的手機當誘餌，擾亂重松等人的追蹤。多虧林的幫忙，馬場有足夠的時間與這個男人慢慢對峙。幹得好，我的搭檔——馬場如此暗想。

馬場舉起匕首槍，對準別所的背部，命令他「快走」。雙手被反綁在身後的別所乖乖地聽從命令。

「事後替我跟剛才的小子說一聲。」別所邊走邊說：「就說我已經照著他的話做了，要他放了我弟弟。」

他在說什麼？馬場歪頭納悶。剛才的小子是指林嗎？

弟弟——這麼一提，林之前說過他監禁了別所的弟弟，對方好像是迷魂大盜。

「兄弟倆都是犯罪者。」馬場嗤之以鼻，諷刺道：「果真是一脈相連。」

真想看看他們的父母長什麼模樣。想也知道，養大他們的一定不是什麼正經的父母。

「……你有資格說別人嗎？」別所反唇相譏。

確實，馬場沒有資格說別人。身為殺手同時是犯罪者的自己，同樣是一丘之貉。

「那個人是好爸爸……雖然被殺了。」

馬場命令別所開門，進入屋內。十三年前居住的老家現在空無一物，連想懷舊亦不可得，留下的只有失去家人的失落感。

馬場要別所站在空蕩客廳的正中央，自己則舉起武器，與他正面相對。

「你還記得唄？」

說著，馬場指向某處。那件慘案就是在這個客廳裡發生的。十三年前的光景，他至今仍記得一清二楚。

「那天晚上，我爸爸就站在這個地方，而你用刀子——」

「你到底想怎麼樣？」

別所打斷馬場嘲笑道：

「特地把我帶來這裡幹什麼？要我回憶那件案子，自我反省嗎？還是要我向你謝罪？」

「閉嘴。」

馬場低吼，用槍口指著別所。

「沒錯，這樣才對。」別所的眼神顯示他已然放棄求生。「反正我橫豎都是死路一條，要是被公司抓到，還有嚴刑拷打等著我。你要殺就快殺吧。」

別所頓了一頓，環顧周圍。

「……不過，哎，多虧你帶我來這裡，讓我想起往事。謝罪就省了，我來說個有趣的故事吧。」

他突然說了一句莫名其妙的話。

「……有趣的故事？」

馬場皺起眉頭。

「十三年前的真相。」

真相——這個字眼讓馬場心頭一震。

馬場從匕首槍的扳機上移開手指，窺探別所的神色。別所看起來不像是為了爭取時間而胡扯。

「反正我也沒有義務幫忙隱瞞，乾脆全部告訴你。你也不認為那只是一樁單純的強盜案吧？」

這個男人說得沒錯。

馬場一直耿耿於懷。為何遭殃的是自己家？為何父親會被殺？他想知道理由。

「把你知道的全說出來。」馬場握住匕首槍，厲聲命令。

別所回瞪著他。「你要答應我，會放過我弟弟。」

「行。」馬場點了點頭。「我答應你。」

談判成立。別所吁了一口氣，娓娓道來：

「十三年前，我在Murder Inc. 工作，按照公司的吩咐行動，認真地完成殺人任務……不過，我後來找到更有賺頭的工作。」

別所回憶過去，用徐緩且平靜的口吻繼續說道。

「有個男人接近我說：『如果你肯辭職，替我工作，我就付你現在的三倍薪水。』當然，我立刻就答應，成為那個男人的專屬殺手。」

為了弟弟的學費，我需要錢——別所又辯解似地補充一句。

「之後，我便在那個男人的手下工作。工作內容很單純，沒有理由與目的，對方只告知目標是誰，我就照著吩咐去殺人。我現在也記不太清楚了，總之大概殺了五、六個人吧。」

馬場默默聆聽男人的話語，只有劇烈的雨聲與別所的說話聲在屋內迴盪。

「十三年前，我一如往常，接下那個男人的委託。他要我殺掉某家人，而他給的目標住址就是這裡。」

於是，別所按照委託的指示襲擊馬場家。別所的目的不是搶奪財物，也不只是馬場的父親，而是父子兩人——全家人都是目標。

面對初次得知的真相，馬場困惑不已，啞然無語。

究竟為什麼？

他不明白。當時只是個普通高中生的他，只是一對普通父子的他們，為什麼會被殺手盯上？

「不過，我沒料到半途殺出程咬金。」

那天晚上，別所失手了。正鷹救了險些被殺的馬場。他的闖入大大地打亂別所的計畫。

「我被逮捕，蹲了十三年的牢。在這段期間，委託人並沒有和我接觸。」

出獄後，別所來到這棟公寓。莫非他是為了殺掉馬場，完成最後的工作，好向委託人索討未付的酬勞？

「……那個委託人……」馬場心跳加速，掌心冒汗。他擠出聲音問道：「是誰？叫啥名字？」

「這我就不曉得。」

別所搖了搖頭，似乎不是在說謊。

「我只見過他一次。平時都是由對方主動聯絡。他不用電話，也不用郵件，有殺人委託的時候，我家的信箱裡就會出現一個信封，裡頭是目標的相關資料，並指示我讀完信以後立刻燒掉。」

徹頭徹尾的保密主義者。如此小心翼翼、不留痕跡，想必是個很謹慎的人。

到頭來，還是不知道案子的幕後黑手是誰。

「怎麼會……」

馬場喃喃說道，垂下視線。身體變得虛脫無力，一股難以言喻的抑鬱襲向他。

這十三年來，馬場一直以為面對別所可以改變些什麼。他以為可以擺脫過去，了結這樁慘案。

然而，別所只是負責動手的人，下令殺人的男人完全沒有留下線索。到頭來，什麼問題都沒有解決。

太滑稽了。虧自己為了殺掉這個男人不惜成為殺手。

這十三年間與自己的人生，莫非都是毫無意義、毫無價值？

「——不過，有件事我倒是知道。」

面對失意的馬場，別所瞇起眼睛說道。

「我在這間屋子裡看到你的時候，頭一個念頭就是好像在哪裡見過。」

聞言，馬場想起來了。在這裡重逢的時候，別所看見自己，確實曾問過：『我以前見過你嗎？』

「當時我想，十三年前我企圖殺你，當然會有印象……不過，實際上並不是這麼回事。」

馬場皺起眉頭。「……啥意思？」

「你長得很像委託我殺人的男人。十三年前的你還是小孩，我沒聯想在一起，直到現在才發覺你們的五官很相像，所以，我才以為從前見過你。」

換句話說——別所加強語氣。

「委託我殺你們的，是你的血親。」他嘴角上揚，「果真是一脈相連。」

意識恢復時，不知何故，阮是坐在車子的駕駛座上。黑色轎車——阮對這款車有印象，是他來到福岡以後租借的出租車。

他看了手錶一眼，現在時間快過晚上十點。事發至今已經過了一個多小時，這段時間自己似乎一直處於昏迷狀態。

這麼一提，他想起來了。

——那個小丑在哪裡？

剛才自己受到小丑攻擊，阮原本以為必死無疑，但是不知何故，對方竟然放他一條生路。

阮一頭霧水。那個小丑男到底想做什麼？他歪頭納悶，詫異不已。

——難道那是夢？

如果是，可真是個惡夢，搞不好會因此罹患小丑恐懼症。

不，不對——阮又立刻否定。那不是夢，是現實。腦袋的疼痛貨真價實，現在還在抽痛。是被那個小丑男用雜耍棒毆打造成的。

對了，阮想起來了。這輛車上還有另一個人。

阮連忙走下駕駛座，打開後車廂。

——然而，裡頭空空如也。

關在後車廂裡的男人消失無蹤，只留下大量血跡。

「……上當了。」

阮喃喃說道，咂一下舌頭。

他這才察覺。

——小丑的目標不是我，是別所。

話說回來，那個小丑男究竟是何方神聖？為何帶走別所？盡是不明白的事。

不過，從車上殘留的血量看來，別所顯然已經死了，現在追查他的下落也來不及。

這是最糟糕的事態。還沒問出情報，就把別所搞丟。任務失敗。

「回公司以後，得寫悔過書啦……」

阮喃喃自語地抱住腦袋。上次出差也不順利，自己在這個城市似乎缺乏工作運。

之後，馬場拖著斷氣的別所，費盡九牛二虎之力才把他塞進後車廂，開車離去。將屍體交給佐伯以後，馬場回到立體停車場。東南亞裔男人尚未清醒，馬場替他的手腳鬆綁，並將搶來的車子物歸原主。

紅色露營車正在停車場裡等候馬場歸來。馬場一上車，車子便立即出發前往博多站東。行駛片刻以後，熟悉的大樓映入眼簾。

司機將馬場送到了大樓前。

馬場下車後，回過頭對送自己一程的小女孩說道：

「美紗紀，這次的事我不會告訴次郎，畢竟我也是共犯。」

快過十點了。讓未成年人工作到這種時間，要是監護人知道，鐵定會宰了他。

「不過下次別偷偷摸摸的，要跟次郎說喔。他有多麼重視妳，妳應該知道唄？」

「……嗯。」

美紗紀垂下頭來，似乎在反省。

「只要妳開口，次郎不會不同意。要把自己的想法說出來喔。」

聽到馬場的說教，美紗紀乖乖地點頭。

「我知道了。」

「今天謝謝妳的幫忙，復仇專家。」

馬場溫柔地摸了摸美紗紀的頭，她一臉開心地瞇起眼。

幫手還有一個。馬場也對駕駛座上的青年說道：

「麥加老弟，謝謝你。多虧有你們幫忙。」

麥加露出詭異的笑容，從駕駛座上揮手致意。麥加的事也瞞著次郎吧——馬場暗自打定主意。

目送露營車離去後，馬場走上大樓的三樓。

棒球選手在比賽中受了傷卻繼續比賽，等比賽結束後接受檢查才發現骨折了，其實是常有的事。大概是因為比賽中處於亢奮狀態，對於疼痛較為遲鈍。現在的馬場正是處於這種狀態。不知是不是因為腦內的腎上腺素逐漸回復到正常水準，腹部的傷口又痛起來。自己太胡來了——直到此時，馬場才開始反省。他咬牙走路，好不容易走到馬場偵探事務所。

門沒上鎖。

一走進裡頭，便傳來電視的聲音。滿壘，換投手，代打——這些字眼交錯傳來，是棒球轉播。

林在屋裡，邊吃泡麵邊看電視。他似乎察覺到馬場回來了，臉依然朝著電視畫面問道：「結束了？」

「嗯。」馬場點頭。「結束了。」

雖然這麼回答，但其實馬場自己也不太明白。這樣稱得上是結束了嗎？

他殺死別所，但復仇尚未完成，狀況完全沒有改變。為了殺掉別所而成為殺手、拚命努力的這十三年，似乎毫無意義也毫無價值，令他怏怏不樂。

「屍體呢？」

馬場答應把屍體交給林，而他也依約帶回來。

「寄放在佐伯醫生那裡，隨你處置。」

「知道了。」

說完，林才轉過頭。他看著馬場，不悅地皺起眉頭。

「──你為什麼跑回來？」

「咦？」

「快回醫院啦！」

「……呀，我忘了……」

馬場喃喃說道。

他完全忘記林交代自己結束以後要回醫院，放空腦袋，任由麥加開車送自己回到這裡。雙腳自然而然地走向這個地方，就和那時候一樣。

「我也不知道，回過神來的時候就在這裡。」

「什麼跟什麼啊？」林嗤之以鼻。「哎，算了，反正重松大概馬上就會來事務所，到時候請他順道送你去醫院吧。」

林在這裡，代表馬場的手機現在在事務所裡。誤將林當成馬場追蹤的重松趕來這裡，只是時間的問題。不過，現在已經用不著逃走，馬場打算乖乖束手就擒。

「……呀，對了，小林，這個還你。」馬場拿出染血的刀子遞給林。這是林借給他的匕首槍。「謝謝你幫我這麼多忙。」

手機的事也一樣，這次真的受到林莫大的幫助。倘若林沒有趕到，或許自己已經死在別所的手上。

「哦，沒什麼。」

林冷淡地接過刀子，再度將視線轉向電視。

鷹隊似乎落後。比數是六比三，落後三分。兩出局滿壘，正是得分的大好機會。

下一瞬間，畫面中響起一陣歡呼。

實況主播興奮大叫，好像是有人打出全壘打，觀眾也全都站起來，歡欣鼓舞。在攝影機捕捉到的畫面中，甚至有球迷痛哭流涕。

打出逆轉滿貫全壘打的，正是上場代打——剛宣布今年退休的那位資深選手。

「……啊，對了，馬場。」

在主播感動萬分的尖叫聲之中，傳來林平靜的聲音。

「歡迎回來。」

馬場倒抽一口氣。

這句話給予他些許的救贖。

十三年，漫長的時光。雖然失去許多，卻也得到許多。自己如果沒有走上這條路，就不會遇上某些人。

所以，還是有意義、有價值的。

「……我回來了。」

電視裡熱鬧萬分。隊友們紛紛摸頭拍肩，讚揚繞場一周回到休息區的選手。

『竟然能把那種球拉回來打得那麼遠，再打幾年應該也不成問題啊。』

擔任解說員的退役職棒選手一臉惋惜地說道。

縱使退休，人生尚未結束。

電視中，打出全壘打的選手拿下帽子行禮，回應啦啦隊的歡呼。印著背號的高大背影似乎正隔著電視訴說：「人生現在才開始。」

馬場忍著腹部的疼痛，在林的身旁坐下，瞇起眼睛。

他不禁有點想哭。

賽後訪談

時值週五夜晚，中洲街頭熱鬧非凡，福博相逢橋上來來往往的行人，感覺上也比平時更多。

走在橋上的馬場突然停下腳步。橋中央擠了一群人，人聲鼎沸，馬場趨前一探，原來是一個身穿紅衣的小丑，正在十幾名觀眾的圍觀下表演。他使用三根雜耍棒展現華麗的拋接技巧，技術十分高明。

馬場的視線和那個小丑不經意地對上。

瞬間，頂著滑稽妝容的臉龐露出賊笑。馬場也回以微笑，走上前去。放在小丑腳邊的帽子裡裝著零錢和鈔票，今晚的收入似乎頗為豐厚。馬場也如法炮製，在裡頭放了張萬圓鈔。小丑男畢恭畢敬地行一個禮。

馬場離開人群，佇立於橋中央，眺望中洲的夜景。

每次來到這座橋上，馬場總會想起十三年前的事——想起發現正鷹、追逐他背影的那一天。

一切都是始於這個地方。

馬場不由得感慨萬千。

片刻過後，等待的人來了。穿著發皺西裝的重松映入眼簾，他舉起手，從橋的另一頭跑過來。

重松走向馬場問道：

「你的傷已經好了嗎？」

馬場把手放在肚子上，點了點頭。傷口雖然還會痛，但已經好上許多。

「要是沒好，就不會跑來這裡。」

這一個禮拜發生許多事。

馬場去掃了墓，渡海拜會睽違已久的師父，重見殺父仇人，身負重傷昏迷，徘徊於生死邊緣，害得豚骨拉麵團的隊員們為自己擔心不已。

「你實在太亂來……我還以為這次你的小命真的會不保。」

「也給重松大哥添了不少麻煩。」

「以後別再這樣。」

說著，重松輕輕戳了戳馬場的肩膀。

「為了表達歉意，我請你喝一杯唄。」

今晚開口邀約的是馬場。證物的事，他也得好好答謝重松才行。

然而——

「不。」重松拒絕。「今天我請客，慶祝你康復。」

那就恭敬不如從命吧，馬場道了謝。

重松突然想起一事問道：

「別說這個了，以後你有什麼打算？」

馬場不解其意，微微歪頭。

「啥意思？」

「你不是不當殺手了嗎？」

「哦！」馬場叫道。這麼一提，自己確實這麼說過。他原本決定殺死這次的目標之後，就要金盆洗手。

「不。」馬場搖了搖頭。他要收回那句話。「我還會繼續當殺手。」

「……啊？」

重松發出滑稽的聲音。

「不，可是，你不是說殺掉下次的目標之後就要金盆洗手——」

馬場確實這麼說過。他原本打算殺掉別所、報完殺父之仇以後，就脫離這一行。

不過，現在他有不能這麼做的理由。

馬場面露苦笑。

「我本來是打算金盆洗手，可是現在不行了。」

「什麼意思？」

重松一頭霧水，歪頭納悶。

「我和別所談過了。」

馬場娓娓道來。

他回憶與別所之間最後的對話。

「別所把十三年前的真相告訴我。」

『——我知道的只有這些。』

道出一切的別所毫無心虛之色，態度坦然，看起來不像是在胡扯。

憎恨十三年的仇人只是個受僱於人的殺手。

這個男人不過是奉命行事而已。他不是為了折磨自己一家子，而是為了酬勞而殺害父親——這個事實讓馬場大為失落。

不過——

『……就算是這樣，還是無法改變你殺死我爸爸的事實。』

只是受人之託，忠人之事——這種藉口不管用。不能把所有罪過都推到委託人頭上。

殺手的頭銜並不是免罪符。

『沒錯。』別所一臉從容地肯定：『我知道。我殺了人是事實，也早就做好面臨這一天的覺悟。殺人者人恆殺之，不是不報，只是時候未到——這就是殺手的命運。』

別所面帶笑容說道。

『所以，交給你動手吧。』

那是已有覺悟的眼神。

馬場不禁思索。殺人者人恆殺之，不是不報，只是時候未到——自己也會面臨這一天嗎？屆時，自己能像他一樣從容嗎？

說來不可思議，面對曾那麼欲殺之而後快的對象，如今竟是毫無感覺。恨意逐漸淡去。馬場知道就算殺死這個男人也無法改變什麼，甚至放走他亦無所謂。

不過，馬場還是得殺死這個男人。這麼做不是為了父親，而是為了十三年前的自己，與十三年來的自己——為了了結這段恩怨。

在別所的催促下，馬場重新握住匕首槍。

接著，他把刀刃垂直插入別所的心臟，使勁扭轉。

溫熱的血液噴濺而出。

別所微微呻吟，瞪大眼睛。

馬場原本打算刺他的腹部，就和父親那時一樣，讓他痛苦許久之後才死。

不過，馬場並未這麼做。別所心臟中刀，幾乎是當場死亡，痛苦的時間很短。

這是謝禮。

馬場俯視著別所的屍體，平靜地喃喃說道：

『多虧你，我做好覺悟了。』

——墮入地獄的覺悟。

馬場朝著氣絕身亡的別所伸出手，輕輕替他闔上雙眼。

多虧別所，馬場明白了一件事。

「他好像也是受僱於人。他殺害我爸，其實是為了酬勞。」

凡事都有許多面向。奪走至親的性命，十三年來自己持續憎恨的殺人魔，原來並非大奸大惡之徒，只是一介殺手，與自己沒有兩樣。

聽了馬場的話語，重松大吃一驚。

「受僱於人？是誰僱用他的？」

馬場歪頭納悶。「這一點還不知道。」

到頭來，最想知道的事依然成謎。

不過，馬場有線索。別所說委託人是馬場的血親。雖然這只是別所的臆測，但是殺手的直覺不容忽視。

無論如何，十三年前的慘案有幕後黑手存在是不爭的事實。馬場家被盯上，應該是有理由的。馬場必須查明這件事。

為了達成這個目的，他得繼續置身於地下社會。

「這個世界上還有不該活命的壞人存在。」馬場凝視著夜景，喃喃說道：「在殺了他之前，我不能金盆洗手。」

「這樣啊。」

重松微微地點了點頭。

「哎，別露出那麼可怕的表情嘛。」重松環住馬場的肩膀笑道：「難得的康復慶祝會，今晚就喝個痛快吧！」

面對重松豪邁的提議，馬場也表示贊同。「是呀！」

今天就先忘卻一切，沉浸於美酒之中吧。一攤喝過一攤，喝到天亮再回去，被同居人怒罵「渾身酒臭味」。

這樣就好。今天暫且偷閒片刻。

馬場與重松並肩走向中洲的街頭。

GAME SET

後記

雖然上次以破天荒的保留比賽形式收尾，但馬場的過去篇總算在第八集暫且告一段落。不論是前後篇結構或是風格，第七、第八兩集都和過去截然不同，其中最為顯著的，或許是「敵人」的形象吧。殺手別所與過去那些明確的敵人大不相同，對於馬場的人格有著莫大的影響。這段故事敘述的是馬場的人生轉機，非常重要，我很慶幸能夠分成兩集仔仔細細地描寫。

此外，第七、第八集並非完全獨立的長篇，而是以一到六集為基底而成的故事，不時提及過去令人懷念的話題，敬請大家與前幾集一起享用。

倘若以外國影集為喻，或許第一至第三集就是第一季，第四到第八集則是第二季。第三季將會如何發展？連作者自己也完全不明白（只決定了大略的結尾）。只要還有機會寫下去，我就會拚命努力，敬請大家今後也繼續支持「博多豚骨拉麵團」系列。

最後要告訴大家一個好消息。

二〇一八年一月起，動畫版《博多豚骨拉麵團》就要開播了！在畫面中躍動的豚骨拉麵團成員，真是讓人期待！我不是以作者的身分，而是單純以一個觀眾的立場感到興奮。我很希望能夠和一路以來支持我的讀者朋友們分享這份感動，所以，無論是喜歡動畫的朋友，或是平時不看動畫的朋友，但願屆時能與您一起收看。除了原作小說以外，也請大家多多支持改編成動畫的《博多豚骨拉麵團》！

木崎ちあき

國家圖書館出版品預行編目資料

博多豚骨拉麵團 / 木崎ちあき作 ; 王靜怡譯 . --
初版 . -- 臺北市 : 臺灣角川 , 2019.03-
冊 ; 公分 . --（角川輕 . 文學）

譯自：博多豚骨ラーメンズ
ISBN 978-957-564-837-4(第 8 冊 : 平裝)

861.57 108000937

博多豚骨拉麵團 8

原著名＊博多豚骨ラーメンズ 8

作　　者＊木崎ちあき
插　　畫＊一色 箱
譯　　者＊王靜怡

2019 年 3 月 7 日　初版第 1 刷發行

發 行 人＊岩崎剛人
總 經 理＊楊淑媄
資深總監＊許嘉鴻
總 編 輯＊呂慧君
副 主 編＊溫佩蓉
美術設計＊吳佳昫
印　　務＊李明修（主任）、黎宇凡、潘尚琪

台灣角川

發 行 所＊台灣角川股份有限公司
地　　址＊105 台北市光復北路 11 巷 44 號 5 樓
電　　話＊（02）2747-2433
傳　　真＊（02）2747-2558
網　　址＊http://www.kadokawa.com.tw
劃撥帳戶＊台灣角川股份有限公司
劃撥帳號＊ 19487412
法律顧問＊有澤法律事務所
製　　版＊尚騰印刷事業有限公司
I S B N＊978-957-564-837-4

香港代理＊香港角川有限公司
地　　址＊香港新界葵涌興芳路 223 號新都會廣場第 2 座 17 樓 1701-02A 室
電　　話＊（852）3653-2888